KB211984

양아치의 스피치

양아치의 스피치

©네온비/김인정

1판 1쇄 2023년 1월 31일
1판 3쇄 2024년 8월 16일

글 네온비
그림 김인정

책임편집 이보은
편집 김지애 김지아 김해인 조시은
디자인 이정민
마케팅 정민호 서지화 한민아 이민경 안남영 왕지경 정경주 김수인 김혜원 김하연 김예진
브랜딩 함유지 함근아 박민재 김희숙 이송이 박다솔 조다현 정승민 배진성
제작 강신은 김동욱 이순호

펴낸곳 ㈜문학동네
펴낸이 김소영
출판등록 1993년 10월 22일 제2003-000045호
주소 10881 경기도 파주시 회동길 210
전자우편 comics@munhak.com
대표전화 031-955-8888 | 팩스 031-955-8855
문의전화 031-955-3576(마케팅) | 031-955-2677(편집)

ISBN 978-89-546-9054-6 07810

인스타그램 @mundongcomics
카페 cafe.naver.com/mundongcomics
트위터 @mundongcomics
페이스북 facebook.com/mundongcomics
북클럽문학동네 bookclubmunhak.com

www.munhak.com

양아치의 스피치

글 네온비 × 그림 김인정

문학동네

이 만화는
주제와 특성상
15세 연령가
기준 안에서…

타박

등장할 수 있을 만큼의
많은 비속어,
유행어, 줄임말, 욕설,
밈이 등장합니다.

타박

모두 의도한
것입니다.

인물들이
어떻게
변화하는지도
지켜봐주시면
감사하겠습니다.

이 얘길 굳이
만화 컷을 할애해
내레이션으로 넣고
있는 이유는…

이 정도 길이의
경고 문구는
읽어주지 않으실 것
같아서요…

~♪

♪

그럼,
시작합니다!

4

깨끗한 환경,
쾌적한 시설.

으뜸!

최고!

자율적이고
모범적인 면학 분위기!
높은 성적과 모범적 행실을
갖춘 학생들이 다니는!

방과후 학교 대상 수상

사랑과 믿음으로 가꾸는 방과후 활동이 행복한 전국 최고의 명문 온정고등학교

이곳은 명문으로
유명한 학교!!

…가 되고 싶은
온정 고등학교!
(아직 명문까지는 아님)

ON JEONG SCHOOL 1986

이사장
온정

드디어
비대면 수업 끝♥
정상 등교네욧~♥

아유, 계속
집에 있으라고 하시지!
온정을 베푸셔야죠,
온정 이사장님~

You Name 온정!
마음은 냉정!
가는 정 오는 정!
어 인정? ㅇㅇ 인정!

이따가
짤라야겠당♥

YO YO

YO

ㅋㅋㅋ! 체육쌤!
오디션 프로 예선
붙었다고
오버하시네~!

네에 네,
아무튼…♥

이건 아주 심각한
문제입니다♥
같은 반이 된 지도
한참인데~♥

반 친구들이 누군지,
선생님은 어떤 사람인지
전혀 모르고
있다고요♥

어찌나 분위기가
삭막하고 서먹한지♥

5

그래서 단체 현장 학습을 보낼까 합니다···♥

미술의 전당
The Museum of Modern Art

웅성

2-1
담임 선생님
임담샘

웅성

웅성

이 그림은 현대 미술의 거장, THOR KIM 작가가 자신의 내면을 표현한 추상화라 할 수 있는데요. 유사한 감성으로는 1986년도의···

웅성

웅성

지극히 평범한 한국의 고등학생들.

자자, 제대로 주의깊게 들어라~~ 듣고 있지, 다들??

예에~

아 두통 좆돼 진짜. 머리 개아파, 지금.

헤엑~? 괜찮?

아 스브, 개배고파.

마! 니 진짜 괜찮나, 마! 같이 조퇴 해주까, 마!!

가볍고 짧은 단어와 문장으로 얘기하고,

8

저 누나 얼굴
개꿀잼인데ㅋㅋㅋ

이따
번호 달라고
할까ㅋㅋㅋㅋ

ㅉㅉ
싸대기나
처맞을라고
ㅋㅋㅋ

1전시실

1전시실

휘익

휙

2전시실

오?
누드?

오~

아 ㅅㅂ
누드 아니네…

뭐야 이 새끼.
자라다가 말았어?
ㅈㄴ 작아.

옆에 여자보다도
작으면 어쩔??
개불쌍ㅋㅋㅋ

참고할 만한 사진도,
도록도 없던 시절인데.
어떻게 이런 분위기를
섬세하게 담을 수
있었을까?

뿌~
뿌~
뿌우~

두근

쿵
쿵

…아, 미안해.
우리가 그림을
너무 가리고
서 있었네.

지한아,
옆으로 가자.

"아까 ㅈㄴ
이쁜 애 봤다."

"키 크고,
긴 머리에
피부 개하얘."

쿵

와!!!

자기도 모르게
새어나음

ㅅㅂ!!! 도랏네?
ㅈㄴ 이쁘네?
와 ㅅㅂ!!

아,
도랏…

비대면 수업
쌈새끼~!

이런 애를
지금 알았어?!

어…

너
몇 반이야?
같은 학년 맞지?
오늘 2학년만
현장이니까!!

난
송이도

송이~
이름 예쁘다!

아니,
이도.

이도~
예쁘다!

아, 난 2반.
너는?

난 1반…!
이솔이야.

소리?

아니, 이 솔!
넌?

나도 이도랑 같은 반이고 진지한.

어 너는 안 궁금하고.

아, 2반… 2반 송이도… 야, 이름… 이쁘다~

그 말 세번째야.

1학년 때 내가 널, 왜 못 봤지? 왜지?

그때는 비대면 수업을 했으니까?

중학교는 어디였어?

온정중학교.

아, 거기~! 온정중학교! 내가 거기 개잘알지.

언덕 개오지는 데 아냐?

여름에 올라가면 ㅈㄴ 겨터파크 개장한다며 ㅋㅋㅋㅋㅋㅋㅋ

……

ㅋㅋㅋ

ㅋㅋㅋ

글쎄? 개장해본 적은 없네.

피ㅓ

15

야 왜 웃냐?
킹받게.
개띠껍네.

아니…
네가 말하는 게
너무… 웃기잖아.

그렇게 골라서
말하기도
힘들겠다.

뭐야?
뭔 소리야.

야, 너.
이도한테 관심이
많은가보다?

키득

관심? 어, 많아~
ㅈㄴ 많아~
그니까 좀
가, 줄, 래?

이도야, 이제 우리도
돌아가자. 선생님이
찾으시면 어떡해.

아… 그래,
가야겠다.

휙

어어?

잠깐만…!!
이 자라다 만
새끼가!

멈춰, 스톱!

아, 아! 잠깐만! 잠깐만 있어봐봐.

왜?

뭐 할말 있어?

어… 뭐 굳이 할말이라기보다는, 그러니까.

아~! ㅅ~ㅂ!! 저 새끼 빼고 둘이 있으려면 뭐라고 해야 하지?

개답답하네.

그냥… 아!

나 이거 설명 좀 해주라! 이 그림!

잘 몰라서~!

왜? 나도 전문가가 아닌데?

?

아니, 아까 말하는 거 들어보니까…

전문가 스멜~!

아아, 그건 그냥 우리끼리 가볍게 감상 나눈 거야.

감상에 정답은 없으니까.

나중에 도슨트 오면 질문해^^

ㅋㅋㅋ

아… ㅅㅂ 저 새끼가 또 처웃네?

딱 봐도 송이도 좋아해서 붙어 있구만.

아~ 씨! 몰라~!!

전 여친들 때처럼 얼굴이랑 솔직함으로 걍 승부하는 수밖에.

♥ 44.5K

👍 ♥ 이솔 님 외 361명

이솔은 객관적으로 잘생겼다.

척

그 사실을 본인도 잘 알고 있었다.

18

송이도,
나 너랑 오늘부터
1일 하고 싶은데.

뭐야?
갑자기?

이 새끼,
미친놈인가?

아니…
갑자기 이게
무슨 행패야?

음…

나도 네 외모는 마음에 들어.

!!

이… 이도야.

저런 애 일일이 상대할 필요 없어.

쟤 좀 조증 같은데.

소곤

소곤

조ㅈ… 뭐? 난쟁이! 됐고.

암튼 이도야. 나 잘생겼다는 말 자주 듣는데~ 너도 만만치 않거든?

나도… 만만치 않다?

아니… 너 ㅈㄴ… 아니 너도 이쁘다고! 나만큼!

그니까 우린 와꾸 레벨이 딱 맞고, 막, ㅈㄴ 끼리끼리. 뭔 말인지 알지.

끄덕 끄덕

와꾸 레벨이 맞다~

아, 내가 예쁘다는 뜻은 아닌데… 뭐 대충 알아듣겠지!

너 지금 남친 없으면, 나랑…

넌, 이 그림 어떻게 생각해?

어… 엉?

뭐야? 개뜬금없이…

내 고백 답은??

이 그림을 본 네 감상이 궁금한데, 말해줄 수 있어?

아… 재랑도 감상 얘기했으니까~ 얘 나름의 친해지는 기준인가? 감상 주고받기??

경계

그게~

내가 이런 쪽엔 별로 관심 없고…

기본 지식이 없어서~

잠깐 검색 좀 해봐도 되지?

되? 돼? 돼지? 되지?

음… 딱히 지식이 필요한 대답은 아닌데.

다른 사람 감상평이나 화가의 정보, 그림의 기법, 전문가의 평점이 궁금한 게 아니거든.

네가 어떻게 느꼈는지가 궁금한데… 아무 느낌이 들지 않았어?

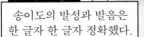

송이도의 발성과 발음은 한 글자 한 글자 정확했다.

그 말은 너무나 무게감이 있어서,

아니… 나도 막…

느끼긴 했지! 느꼈지!!

명령이 아닌데도 반드시 똑바로 대답해야 할 것 같았다.

그러니까 이제… 이… 웅장함!

23

이… 개쩌는
붓 터치랑
빛 효과랑.

옷감도,
진짜 있는 그,
투명한 야한 옷 같은
그런 느낌이고.

페티쉬?
그거 뭐라 그러지,
시스루 옷? 패션?
그리고 전체적으로…

그림이… 비싸게 팔릴 요소가 엄청 많네.
응, 개비쌀 거야.
그 부잣집 대리석 벽 같은 데
걸려 있으면 어울릴 거 같다.
그리는 데 오래 걸렸을 것 같고…

옛날엔 '뒤로 가기'나
'실행 취소' 같은 게 없었으니까.
한번 잘못 치면
고치는 거 ㅈㄴ 어려웠을 듯…

모델도 같은 포즈로
계속 있었으면
개힘들었겠지.

꾸덕   꾸덕

막… 움직이면
화가가 지랄하고.

암튼.
전체적으로…

화가의 개쩌는
집착과 미…
미의식!

오ㅅㅂ
멋진 단어
하나 썼다ㅋㅋ
휴!

24

그런 게 느껴지는 느낌?? 감성?? 암튼 이런 그림은. 돈 주고 사서 플렉스 하는 것보다,

달달 달

이런 데, 어? 딱!! 걸려 있는 게 간지 나는 그런··· 느낌적인 느낌?? 국가에서 관리해야 좋은 듯.

···그렇구나.

칵!!!

푸욱

아···ㅋㅋㅋ 창피해···ㅋㅋㅋ

어흐흑-···

부들

ㅅㅂ 뭐래? 말 ㅈㄴ 잘했구만.

열폭하긴···

첨 보는 그림으로 막히지도 않고 길게 말했는데 왜 지랄이지.

사락

···너의 외모가 맘에 들어. 네 말도 네 외모를 닮았다면 사귀었을 것 같아.

아~ 이도야~ 근데 이걸 왜 시키는데?

내가 너 좋다고~ 응? 응???

······

···??

25

아니… 잠깐만 이도야. 뭔 소리야? 뭔 소리냐고 그게 ㅋㅋㅋ 말이 어떻게 외모를 닮아ㅋㅋㅋ

난 말을 못하면 이성으로 느껴지지가 않아… 어떤 마음인지도 잘 모르겠고.

말을 못…? 어… 근데 나 정도면 잘하지 않나??

에이~!! 갑자기, 야! 진지 빨고 그러냐. 뜻만 통하면 되지~!!

나 어디 가면 자신감 넘친다고 난리임ㅋㅋ

고민할 사람은 솔이 너야.

엉?

거절은 아닌데… 일주일 정도면 어떨 것 같아?

오, 그래. 일주일 동안 고민해봐!!

근데 일주일은 길다~

일주일 안에,
네가.

밈, 유행어,
은어, 신조어, 비속어,
비문 없이 15분 이상 나랑
대화할 수 있다면
사귈게.

어때?

어엉···?

누군 개빡세게 공부하는데, 누군 학교 째고 개좋았겠다, ㅈㄴ…!

벌컥!

야! 들어왔으면 조용히 해!

왕초 좀 조용히 시키고!

이솔의 형 **이한** 고3 (이과생)

비싼 거 꽁으로 잘 봤나??

형 스카* 안 갔나?

자리 없어!

탕 탕

탕

정기권 안 끊고 뭐했음?

연장 까먹었어.

뉘예뉘예… 님 고3이라 봐드림.

암튼 조용히 해라? 나 대학 떨어지면 니 때문이니까!

알았다고~

아르릉…

아 씨! 내가 왜 니한테 이유 설명해야 하는데.

왕!

건방지게 형 말할 때 위에 있지 말라고 했지!

* 스터디 카페

29

우양호양호함ㅋ

우리 아빠는 경찰관이야~.

아빠 정말 멋쟁이야~.

그래서 뭐~. 난 38살이야~.

어제는 내 생일이었거든~.

[그림 4-2] 집단적 독백

이거 ㅈㄴ 우리같음지 할말만 함ㅋㅋ

우리집도 이 모양인데.

다들 자기 말만…

킥킥…

야 킥KICK거리지 마.

나 이과라 영어 싫어하는 거 몰라?

응.

형 나 먼저 잘게.

착

조용히 처자.

뒤척

뒤척거리는 소리 내지 마.

하…

한숨 쉬지 마.

웅… 미안.

맥락 없는 생각 하지 마.

웅…

와왕?

ㅜㅜ

바각

바각

와아앙~? 와앙?

왕초 왜.

자자ー!!

▲말의 낭비 없이 말하는 편

내 번호 저장했어.
떠보는 거 아니야.

준비되면
언제든지
연락해.

이 그림을 보고
뭘 느꼈어?

…그런 질문을
받은 건 처음이다.

내가 뭘
느꼈는지가
중요한가?

얼마냐?

이게 얼마냐?

ㅋㅋ

야 이거 얼마에
산 거 같냐?

얼마쯤 하냐?

왕!

I ♥ MY
FAMILY

ㅋㅋ

우리 가족은
뭔가가 비싼지,
안 비싼지.

가성비가 내리는지
안 내리는지만
얘기하는데.

솔이는 모든 가치를 재화로
판단하는 자신의 가족에 대해
이런저런 생각이 들었다.

…생각해보니 나도 감상을 말한답시고 가성비 얘기만…

이도의 가족은 어떤 사람들일까. 우리 가족이랑은 많이 다르겠지.

가족끼리 ㅈㄴ 있어 보이고, 개오그라들게 말할까?

재벌 드라마처럼?

난 네가 ㅈㄴ 궁금해.

송이도를 처음 봤을 때

이솔이 분명 느꼈던 평소와 다른 예쁜 감정.

심장이 철렁 내려앉다가, 따끔거리다가,

빠르게 뛰기 시작하고 얼굴은 붉어지며

두근

두근

어떻게든 이도와 가까워지고 싶은 간절한 마음이 순식간에 생겨났다.

이솔의 눈에 비친 진지한

하지만
그 마음을…

나 잘생겼다는
말 자주 듣는데~
너도 만만치
않거든?

너 ㅈㄴ…
아니 너도 이쁘다고!
나만큼!

여름에 올라가면 ㅈㄴ
겨터파크 개장한다며
ㅋㅋㅋㅋㅋㅋㅋ

그니까 우린 와꾸
레벨이 딱 맞다고, 막,
ㅈㄴ 끼리끼리.

ㅋㅋㅋ   ㅋㅋㅋ

…으로밖에 표현할 수 없었던
자신에 대한 원망과 억울한
마음이 들기 시작했던 것이다.

그래도 시도나 해보고 차이는 게 훨 낫지?
개간지 나게 말하고 싶다.
막 송이도가 내 말 듣고 감동해서
막, 막! 난리 쳤으면
ㅈㄴ 좋겠다.

근데 일주일 만에
말하는 버릇을
어떻게 싹 바꿔…
뭘 어떻게… 뭐부터
시작해야 되는데.

라고
생각하면서도

지한인지
지랄인지 뭔지가
내 말 듣고 개지리면서
짜졌으면 좋겠다.

ㅈㄴ… 말도 안 돼…
개막막하네…

이솔은
달라지고 싶었다.

…야, 보통
외국어 하면
2개 국어 한다고
하잖아.

그렇지? 3개 국어.
4개 국어. 5개 국어.
6개 국어.

육개 국어.
육개장 먹고 싶다.
오늘 고돈이랬나?

그럼 한국어만
할 줄 알면
1개 국어잖아.

일개 국어.

한개 국어.

ㅈㄴ 북엇국~

미친놈아 아까부터
개배고프냐?
되는 대로 처말하고
있어ㅋㅋㅋ

ㅅㅂ 예리하네?
ㅋㅋㅋㅋ

우양호, 우양우!
급식으로, 좌양좌!

라임 보소ㅋㅋ

쇼미 나가라
미친놈아.

한국말도 못하면
0개 국어네.
0개ㅋㅋㅋㅋ

영개 국어
ㅋㅋㅋㅋㅋ

애완동물
아니냐ㅋㅋㅋ
ㅋㅋㅋㅋㅋ
ㅋㅋㅋㅋㅋㅋㅋ

애완이 아니라
반려임ㅋㅋ

아 진지하게
들으라고~!
개새들아.

쾅—

니가 왜
이 지랄인지 알겠다.
와꾸 들이댔는데
안 먹힌 거 처음 아니냐?

날 때린 건
니가 처음이야!
뭐 그런 거?
개오지네 ㅋㅋㅋ

닥치고
용기나 줘!

그래. 니 와꾸만은
우리 학교에서 제일
씹상타치임.

그래, 우리 솔이
ㅈㄴ 와꾸대장!!

37

아 맞다. 내가 전 여친한테 썼던 화법 알려줄까?

이거면 다정맨 쌉가능.

뭐, 어떻게?

뭐 물어보면 그냥 ㅈㄴ 짧게만 말하는 거야. 끝만 반복하면서.

고구마돈가스 먹었다 치고.

오늘 급식 고돈 맞지?

역시!

니가 여자 해봐.

얌얌. 돈가스! 존맛탱구리~

송이도같이 말해보라고!

…

돈가스 먹게 생긴 얼굴은 뭔데?

송이도는 돈가스 안 먹을 것같이 생겼는데…

스윙스

돈가스윙스?

암튼 ㅇㅋ.

음~ 와우~ 이 돈가스. 정말 맛이 좋구나.

으ㅅㅂ!

우엑!

질끈

탕

정말 맛이 좋아↗?

!

아, 오늘 완~전 추워~!

완전 추워↗?

오늘 엽떡 먹고 싶어.

엽떡↗? 먹고 싶어↗?

오…?

오…??

38

여기서 하나 더 섞으면
ㅈㄴ 다정맨 완성쓰

어떻게??
빨! 빨! 빨!!

아 빨리!!

오졌다리!!

캉!

아이돌 화법.
'아 진짜?'하면 됨.
아 진짜↗?
정말 맛이 좋아↗?
아 진짜↗? 완전 추워↗?

일단 사귀고 나서
매력만 어필하면
그뒤론 말 못해도
개쌉 노상관임!!!

ㅅㅂ 이거다···!!

이렇게 하면
15분 쌉가능이다!!

대미친!
대천재화법!!

바른말 하는
이도를 따라만 하면
문제없다!!!

지금의
솔이는 마치

이도야!
나 준비됨ㅇㅇ
지금 만나자!!

파박!

뜨끈한 국밥
한 사발
들이컨 것처럼

속이 든든하고
자신감이 넘쳤다!

타닷!

야!!
너네 영상으로
잘 찍어라.

세기의 고백,
가보자고~!!

그리고…

그러지
말았어야 했다!!!

두
두

두

두
두

이도야!
오늘부터 우리
ㄹㅇ 1일ㅋㅋ

이도야…!

하아
하아

이도…

두
둥

어…

아 저 새끼는
왜 맨날
같이 있는데~

같은 반이니까…

방긋

솔아.
마침 나도
할말 있었는데.

?!

이도야!
나 준비댐!
지금 만나자!!

'준비댐'이 아니라
'됨'이야.
'댐'이란 글자는
없어.

문자부터
준비가
안 됐네…

중얼!

아 그래?
됨도 없지 않나ㅎ

됨됨이.

스브

그거
댐댐이 아닌가?
댐댐? 됨됨?
아 몰라.

암튼, 야…

송이도한테
할말 있으니까
너넨 좀 가줄래?

……

엇!

아 씨…

우르르—

슝렁

슝렁

슝렁

너 이도한테
고백하러 왔냐?!

고백?

뭐?! 고백?

그냥,
뭘 준비하라는지
모르겠어서!!

마음의
준비를 했어.

마인드가 장착되면
다 할 수 있는 거잖아?
모든 일은 그… 생각?
마음? 정성? 마인드?가
중요하니까?

마음이 준비되면
다 준비된 거
아니야?

준비가
다 됐다는
뜻이지?

이렇게 빨리
약속을 지킬 줄은
몰랐는걸.
너랑 대화가 통하면
정말 기쁘겠다.

누군가를
좋아한다는 감정은
거기서부터 시작이라고
생각하거든…

선물을 받을 때도
포장이 예쁘면,
내용물을 더
기대하게
되잖아.

이도는
뭐가 이렇게
복잡해.

기대돼.

…그러니까…

굵적…

선물도 안에
선물이 중요하지
포장이 중요한 건
아니잖아??

말이란 건… 그래,
니 말대로 포장지잖아.
그냥… 그… 겉껍데기!
껍데기 같은 거.

이도,
니가 집착하는 건
그냥 껍데기잖아!

사람의 알맹이를
봐야지!!

너도 내 겉모습을
좋아하잖아.
껍데기를 좋아하는 건
너 아니야?

아니, 그게 아니라
중요한 건 속!
겉이 아니라 속!!

딱딱한 게 껍질 안의
존맛 게맛살 같은 거.

중요한 건 속살!!
속살이 중요해!

아니…

지금 무슨…
너 양아치냐?!

잠깐만 솔아.
지금 무슨 말을…

아무튼, 내 말은!!
사람들은 알맹이를
좋아하잖아.

나도!!
키도 크고 다른
껍데기는 다 좋아!!

말 껍데기만
못하는 거야.

다들 나한테 말이 필요 없는 비주얼이라는데~

굳이 말까지 필요하나?

오옼ㅋㅋㅋ 라임 좋고 센스도 있게 말한 듯??

진짜 지금 나 놓치면 완전 후회할걸?

그만…

그만해.

오ㅋㅋㅋ 이제 그만해도 되나…??

네가 움츠러들지 않고 자신에게 당당한 모습은 좋아 보여.

그런데…

내 말은 하나도 진지하게 생각하지 않았네.

어? 아냐 아냐. 나 진짜 진지하게 생각했는데??

개그맨인가? ㅎㅎ

나 완전, 레알 집에 가서도 계속 고민하고 생각하고~!

누군가가 건넨 선물의 포장지가 투박할 순 있지만,

고르는 과정의 성의만 느껴져도 호감이 생겼을지 몰라…

47

넌 지금 아무것도 없잖아. 나에 대한 배려, 존중, 내 부탁에 대한 성의조차.

이성으로 느껴지긴커녕 친구도 싫어. 아무 사이도 되고 싶지 않아…

네 외모가 다른 사람에게는 어필되는지 몰라도 난 아니야.

오히려 네 얘길 들을수록 호감이 점점 떨어져.

…아 조목조목 맞말만 하네. 이거 계속 찍어도 되는 거냐?

ㅅ ㅂ 불쌍해서 눈물난다

일단 찍어달라고 했으니까…

야… 난…

나는 진짜 너 좋아한다는데… 너… 진짜 너무한다.

내가 너무해?

너도 안 했잖아… 넌 무슨 노력을 했는데…!!

너도 나, 아니… 내 얼굴 좋다고 했잖아!!

난 안나랑 지한이 얼굴도 좋은데, 그럼 다 사귀어야 해?

아… 아니 그건 아닌데.

아 뭐냐고. 그런 뜻이었냐고;

이렇게 마음대로 우기다가, 내가 거절하면.

그때는 너도 다른 애들처럼 갑자기 화를 내겠지.

너랑 비슷하게 말하는 애들, 전부 다 그랬어.

야, 넌 뭐가 그렇게 잘났는데?

아 됐고~ 안 해 안 해.

선생질 오지네.

난 내 요구가 높은 허들이라곤 생각하지 않거든.

네 고백도 그애들같이 가벼운 장난이잖아.

아닌데…

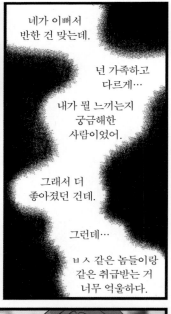

네가 이뻐서
반한 건 맞는데.

넌 가족하고
다르게…

내가 뭘 느끼는지
궁금해한
사람이었어.

그래서 더
좋아졌던 건데.

그런데…

ㅂㅅ 같은 놈들이랑
같은 취급받는 거
너무 억울하다.

아냐, 난 달라…
그런 애들이랑
나는…

난 진짜.
찐이라고
찐!!

아, ㅈㄴ
답답해…

왜 몰라주는
건데, 왜!!

싫다는데
강요하지 마.

이도랑 잘해보려고
접근하는 놈들,
너 말고도 한 트럭인데
네가 제일 최악이다.

상타치가 아니라
개하타치야 너.

아, 이
쪼끄만 새끼가.
빡치게 하지 마!

…빡쳐?

그… 그래!! 너 개빡쳐. 됐냐?

첨 봤을 때부터 깐족거리는 게 ㅈㄴ 빡쳤다고 너는!

버럭

그리고 이도… 너!! 저 쪼끄만 새끼가 나보다 뭐가 나아서 쟤랑 다니는데. 저 새끼 조오오올라게 재수없다고!!

뒤통수 개쎄게 쳐서 기절시켜야 할 것 같은데…

너도 옆에, 와꾸도 인성도 제대로 장착한 친구랑 같이 다니는 게…

…저거… 말려야 되는 거 아님?

지한이에 대해서 함부로 말하지 마!!

헉… 이도가 화냈어.

됐어, 이도야. 아무리 저런 말 해봤자… 나한테는 고릴라가 화내는 거랑 똑같아.

나… 나는 고릴라 아니고 공룡상이야!!

더 상대할 필요 없을 것 같다.

그래~ 가자~

안녕.

…소리친 건 미안해. 너 좋다는 사람 많다니까 잘되길 바랄게.

51

나 너 좋다고! 좋아한다고.

송이도!

보자마자 막… 심장 나대고… 개좋았다고.

우으…

왜… 왜 몰라주는데!

나는…막, 가볍게… 가볍게 아니라고! 무겁다고. 무거운 마음!

파악!

내가… 내가 막 가슴을 이렇게 팍 찢어서!

스윽!

아아…

막막, 다 보여줄 수도 없고!!

나한테… 뭘 느꼈는지 내 생각 궁금해한 사람 너뿐이란 말이야.

울먹

내가… 말을 너무 못하니까 니가 도와주면 되잖아. 나 혼자 어떻게 하라는 건데.

흑!!

얼씨구?

내가 너 좋다고~!

와아 아앙~!!

What…

흐흑...

흑...

힐끔

우와앙~!!

흐아앙.

키가… 185cm쯤 되려나…?

저렇게 큰 애가, 고백 안 받아준다고 드러누워 울어?

전교생이 다 보고 있는데…??

보통은 화내면서 내 탓만 하던데.

그렇게까지 나랑 사귀고 싶은가?

그게 네 인생에서 그 정도로 중요해?

훌쩍
훌쩍

이런 유아기적인 행동은…

훌쩍

상상도 못 했어.

근데 왜 나는 네 유치한 행동이 신경쓰일까?

저벅

이상하게 넌… 장난 같지가 않네.

55

56

먼저태어난놈
야 이솔 ㅅㅂㅇㅏ

이거 뭐임????
우리 학교 페북에
올라온 거. 미친!

보면 모름? 나임
잇츠미

먼저태어난놈
왤케 당당해 처도랏냐?

ㅅㅂ니가 내 동생인 거
학교에 모르는 사람
있냐고 개 쪽팔린다고

내가 찍어도
됀다고 햇는데ㅋㅎ

됀다가 아니라 된다야

잘생겼구만

고3이 이런 거
볼 시간도 있음?

ㅋㅋㅋ

톡톡

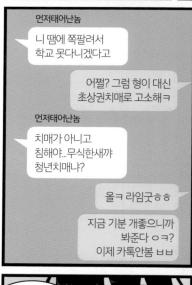

먼저태어난놈
니 땜에 쪽팔려서
학교 못다니겠다고

어쩔? 그럼 형이 대신
초상권치매로 고소해ㅋ

먼저태어난놈
치매가 아니고
침해야..무식한새꺄
청년치매냐?

올ㅋ 라임굿ㅎㅎ

지금 기분 개좋으니까
봐준다 ㅇㅋ?
이제 카톡안봄 ㅂㅂ

누구랑 카톡해?
웃으면서.

아,
형이랑.

형 있구나.
사이가 좋나보네.

응…
좋…은 듯??

나쁘지는
않으니까?

암튼 야…
집에 초대해줘서
진짜 개…
아니, 무지, 무척!
감동이다.

58

…더 하고 싶은
얘기가 있는데,

아까는 사람이
너무 많았잖아.

…근데
이도야.

이 새낀 왜
따라오는 거야?

같은
방향이거든?!

지한이 집이랑,
우리집이랑
걸어서 5분 거리야.
항상 등하교 같이 해.

아…
그렇구나…

다음 정거장은…

내리자~

저기
자리 났다.
앉아~!

둘이 앉아.

이 새끼랑??

괜찮아!

어?
아냐.

괜찮아!

나도 서 있고
싶은데~

아직 좀
가야 하잖아.
혼자 앉아 있으니
마음이 불편하네.

그럼 나도
서서 갈래.

덜컹

……

덜컹

힐끔

너 이도랑
사귀냐?

단도직입!

사귀면, 이도가
너한테 고백하라고
했겠냐? 뇌 없냐?

그건 그렇지. 근데 왜 계속 나대는데?

나댄다고? 나댄 적 없어.

이도랑 별 사이도 아니면서.

내가 이김 ㅋㅋㅋㅋ

아무 사이도 아니라곤 안 했는데?

뭐?

나랑 이도는…

서로 좋아해.

우리는 평생 친구이자 여러 소양과 지식을 나누는 동지야.

사귀는 사이는 언젠가 끝이 있지만, 이런 관계는 끝이 존재하지 않지.

김유정과 이상,
이백과 두보,
허난설헌과
허균 남매처럼.

뭔 허접한
개뼉다구 같은
소릴 하는 거야…

개뼈다귀 같은
소리 한다고
속으로 욕하지 말고
새겨들어.

아, 안 했거든?

한 것
같은데?

…네가 어떻게
이해하겠어.

편의점

잘 가,
지한아.

내일 보자.

저벅

저벅
!8

저벅

여기가
이도의 집.

왠지 신비하고
개쩐다.

62

송이도의 집은
오래됐지만 잘 관리한
2층 단독 주택이었다.

아, 맞다~!
남의 집 갈 때
빈손으로 가는 거
아니랬는데.

잠깐 저기
편의점 들렀다
갈게!

괜찮아.

부모님이
그렇게
말씀하셨어?

어? 어…
엄마 아빠가 좀
주책이지ㅋㅋㅋ

좋은
부모님이네.

좋긴~!!

용돈도 겁나 짜고
외출도 안 해.

맨날 집에서
TV만 보고 있고~
얼마나 정신 사나운데!

너희 부모님도
지금 집에 계셔?

ㅎㅎ

돌아가셔서
안 계셔.

······
······

지금은 할아버지랑 둘이 살아.

너무 어릴 때라 난 아무렇지도 않은데…

뻑 뻑

아…

이도 할아버지한테 잘 보여야 하는데.

얼떨결에 초대받아 오긴 했지만…

하고 싶은 얘기가 뭐지?

들어와.

끌꺽

철꺽

철컥

나무 바닥…
나무 벽…
되게 오래된
별장 같다.

할아버지―
나 왔어.

여보세요?
할아버지
어디야?

아―
오늘 좀 늦으셔?
한 시간?

헐…
하나도 안 닮았네.
개무섭게 생겼다…

추성훈하고
마동석
섞은 느낌…

응, 알겠어.
난 집에 왔어.
조심히 와요―

오늘 경로당
문화센터가 좀 늦게
끝나셨다고 하네.

한 시간 정도
걸릴 거래.

아, 진짜?

획

퍽

쨍
그
랑

뚝

또옥

미안…

물.고마워….

괜찮아. 비싼 액자 아니야.

내가 진짜 똑같은 걸로 사다줄게.

그래.

서랍 안에 넣어놨으니까 눈치 못 채시겠지?

당장 내일 같은 걸로…

눈치는 금방 채실걸.

나 어렸을 때, 할아버지가 집 열쇠를 잃어버리신 적이 있는데.
웃옷 주머니를 만져보시더니 "잃어버렸다"고 하시는 거야.

다른 곳도 찾아봤어, 할아버지?

집 열쇠는 항상 안쪽 주머니에 넣어둔다. 그러니 여기 없으면 잃어버린 거야.

다른 곳을 뒤져보면서 시간 낭비를 안 하시려는 거였지.

음… 효율적이군.

뭔갈 찾느라 시간을 허비하지 않으시려는 인생 습관이야. 그러니 우리집 물건들은 항상 같은 자리에 있고… 액자가 없는 것도 바로 아시겠지.

긁적

아…

ㅈ됐네, 첫인상!

내가 깨트렸다고 할 테니까, 할아버지 오시기 전에 돌아가.

웅…

고마워….

흑… 이도랑 저녁 같이 먹으려고 했는데…

할아버지 덕에 나도 정돈 습관을 갖게 돼서 좋아.

두리번

두리번

ㄹㅇ.

너희 집 진짜 개깔끔하다~

어쩌다가? 언제부터.

말하기 좀 그러면 안 해도 되고~

궁금해서…

말 못 할 건 아니지.

할아버지랑 둘이 산다면…

산다면?

너희 부모님은… 어떻게…?

아, 돌아가신 방법이 궁금한 건 아닌데.

유치원에 갔다가
비속어를 배워 와서,
부모님 앞에서
그 말을 했는데…

이도야!

어… 어떻게
그런 말을!!

충격

…그게 부모님의
마지막 모습이었고,
그뒤로 난 그런 말을
쓰지 않기로
결심했지.

내가
유치원 때였어
…

…으 세상에.
와… 그럴 수도
있구나…

하긴, 위기 탈출
프로그램 보면
별별 이유로
죽던데…

아니,
돌아가시던데…
그랬구나…

네가 그래서
말에 집착…

그게 설마 진짜겠어?
순진하구나.

ㅋㅋㅋ

아… 아니야?

분위기를 풀려고
농담한 건데.

아~ 뭐야, ㅈㄴ
송이도식 농담
적응 안 됨.

너무 옛날에
돌아가셔서
기억도 안 나.

그냥 처음부터
없었던 것 같아서
불편하지 않고
그립지도 않아.

69

그러니 안쓰러워하거나 위로할 필요 없어.

응…!!
안 할게!

그런데, 나 왜 집으로 오라고 한 거야?

더 할말이 있다면서!

혹시 오늘부터 1일~??

아니.
(단호)

너랑 더 얘기해보고는 싶었는데,

조용하고 편한 장소에서 얘기하면 좋을 것 같았어.

정확히는… 집중이 흐트러지지 않는 장소

나는 주위가 산만하면 상대방 얘기에 집중이 잘 안 돼. 제대로 정리돼야 집중할 수 있어.

이도는 모든 게 정돈됐네.

집도, 물건도, 말도…

내 친구 안나는 해외에서 살다가 왔는데,

유행어나 밈 없이도

대화가 잘 통해서 좋아.

그렇구나.

그럼 이제부터 말 잘하는 법 알려주는 거?? 막, 연애 자체가 싫다는 건 아니지, 그치??

나는 고백을 많이 받았어…

어, 나돈데 ㅎㅎㅎ

교제한 적은 없지만.

나도 남자친구를 사귀어보고 싶긴 해. 연애도 하고, 키스도 하고, 그 이후도 궁금하거든.

우당탕

부적절한 말이었나… 넌 아냐?

화끈

아니…? 아닌 건 아닌데 좀… 놀라서… ㅋ

야, 너 진지한 하고도 이런 얘기해?

그냥… 막? 원래 이렇게 직진하는 스타일?

…?? 지한이랑 왜 이런 얘기를.

아 그래? 나한테만? 헤헤…

왜 좋아하는 거지…

어쨌든 난 널 가르치는 선생님이 되고 싶지 않아…

스스로 자기한테 맞는 방법을 찾는 게 옳다고 생각해.

이도 너가~
내 얼굴에 끌리지
않는다고
했지만!!

나, 진짜.
잘생긴 거 말고도 장점 개많아.
인스타 잘알! 페북 잘알! 틱톡…

이도 너는 그런 거
관심 없겠지만…

아, 그리고! 오늘처럼
애들 다 보는 앞에서
차이는 정도의
쪽팔리는 일 생겨도~

솔까 자퇴각인데ㅋㅋ
걍 나는 한잠 자고
일어나면 괜찮아져!
좀 뒤끝 없고 꽁해 있지 않은??
멘탈갑 에너자이저ㅋㅋ

회복 탄력성이
좋구나.

어…? 탄력?
어! 암튼 그래.

글구 나랑
친해지기 엄청 쉬움.
ㅈㄴ 열려 있는 남자!

남을 편하게
해주는 그런 구석?이
좀 있음.

친해지는
진입 장벽이
낮은 편이라는
거지?

어, 어.
벽이 낮아.

사교성이나
친화력도 좋고.

응. 친… 그래!
친화력 바로 그거야.
딱 바로 그 뜻!!

야 이도야,
너는 되게
멋있는 말만 안다.

나는 특별히
말을 잘하는
사람이 아니야.

잘 들어보면
어려운 말을
쓰지도 않는걸.

너랑 내가 동갑이니까,
살면서 한 경험의 총량도
결국 비슷하지 않을까.

결국 평균적으로
알고 있는 단어나 문장은
비슷할 거라고
생각하거든.

에이!!
그건 아니지~

너는 똑똑한 것 같은데…
나는 그냥 뭐, 들어왔다가
빠져나가는 거
같애~ㅋㅋ

비슷하게 들어 있으면
나도 너처럼
또박또박, 해야 하는데.
뭔가… 뭔가…

ㅅㅂ!
ㅈㄴ! ㅈ돼!
쩐다! 오져!

비슷한
몇 개만 계속
돌려 막기 하면서?

말하는 기분이
들 때가 있거든?

아는 게 많으면
안 그럴 거 같은데.
넌 그런 걸 되게 적절?
적합하게?
그때그때 잘
픽하니까~

그런 건 좀
타고나는 게
아닐까?

73

많은 사람들이
자기 머릿속에 있는 단어나
개념을 빠르게 찾아
선택하지 못하기 때문에…
말을 잘 못한다고
생각하는 거야.

그리고 그런 훈련은
후천적으로도 충분히
가능하다고 봐.

내 머릿속에도
너랑 비슷한 만큼 풍성…
풍부한 단어가
들어 있다고?
헐… 진심?

아, 나를 완전
올려쳐주네,
이도가~

헤헷

과대평가
아니야.

사람들이 왜 '먹방' 콘텐츠를
좋아하고 즐겨보는지
생각해본 적이 있어.

학교 애들은
맛있는 음식을 먹어도
표현이 심플하거든.
대박, 쩔어, 존맛, 개존맛.

말을 잘하는 사람은
다양한 분야에 걸쳐 있지만
모두 타고나지는
않았을걸?

하지만 먹방 유튜버는
그 음식을 먹지 않아도
대리 만족이 될 정도로
생생히 묘사해주더라.

비단
먹방뿐 아니라
모든 리뷰어들이
그렇지.

개인적 감상을
눈앞에 보이듯이
또렷하고 구체적으로
표현해.

결국 흩어져 있느냐,
정리되어 있느냐의
차이일 뿐이지.

머릿속 서랍장이 잘 정리되어 있으면,

어떤 말을 할 때 정확한 서랍을 열어 딱 맞는 표현을 할 수가 있어.

자기 감정을 표현할 수 있는 많은 단어들을 잘 꺼내서 적재적소에 쓰는 게 너의 목표가 되어야 해.

네가 '돌려 막기 한다' 라고 말한 건,

당장 생각나는 단어만 대충 쓰는 버릇이지?

야~~!! 빨리 나와~~!!

이거 저번에도 입었던 건데.

일단 보이는 걸로 입자!!

그야… 그 단어밖엔 생각이 안 나니까…

흠…

형 말대로 내가 멍청해서가 아닌가…??

이도와 나의 결정적 차이는…

…!

아, 내동으로구~!

아, 싶다고~!

시껄

시껄

어수선…

왕

이도야…
나…!!

쫌, 뭔가!
필이 딱 왔어.
온 것 같애.

내가 왜
말을 못했는지
좀 알겠어!

?

갑자기?

내가 정말 네 말처럼
사실 많은 단어를
알고 있는 거라면!!

가족, 주변 환경!
어수선한 게 정리되면
생각도 정리될 것
같아…!!

할아버지
곧 도착하실
거야.

어… 응!!
아무튼 정리!! 정리해서
잘 꺼내 쓰기만 하면
되는 거니까!!!

꺼내는 방법은
고민해보면
되는 거고!!

나도… 정리…!!
아, 모르겠다.
멋있는 말이 잘
생각 안 나네.

드득

암튼 팩트는,
나는 포기하지
않을 거라고~

아직 6일
남았잖아.

최초로
미션 성공한
남친 될 거니까,

6일 안에
말 잘하는 놈
나타나도
걔랑 사귀지 마.

알았지?

말잘알 남친 되면
데이트도 하고
스카도 가고!!

내 맘을 어떻게든
너한테… 넣… 전달…
아 됐고!!

말자랄?

너랑 손잡고
등하교할 거야!

키스도!!

이런 음탕한
시끼를 봤나.

네가 액자
깼냐?

할아버지
왔어?

이, 머릿속에
뽀뽀할 생각밖에
없는···

어우 추워!
씨!

아···
안녕하세요.
아버님···

아니···
할아버님.

남의 집에
갑자기 쳐들어와
놓곤 빈손이냐?

어어···
죄, 죄송합니다.

아니야, 솔이는
사오려고 했는데
내가 됐다고 했어.
쳐들어온 것도
아니고.

저, 이도를
좋아합니다,
할아버지!

당연히 좋아하니까
쫄레쫄레 여기까지
따라왔겠지.

너 같은 녀석들
너무 많이 봤다!

집 앞까지
온 녀석은 봤는데,
안까지 들어온 녀석은
또 처음이구먼!

가!

냉큼!

네!

그리고 할아버님,
액자 깬 거 죄송합니다!
똑같은 걸로 사두겠습니다.

흥!

오늘 왜 늦으셨어?

오늘, 경로당에서 '인스타그램'이란 걸 배웠는데.

추욱

아무튼 다음주까지 '내 계정'을 만들어 가야 돼.

수업을 들어도 영 어렵지 뭐냐.

할아버지! 인스타 하세요? 저랑 팔로 해요. 팔로! 팔로팔로미~!

씨팔씨팔?

아 아뇨 욕이 아니라…

제가 알려드릴 수 있는데…!!

그러니까…. 사진을, 이렇게 올리면 된다 이거지

…

…

중얼…

버스 정류장까지 배웅하고 올게.

그래라.

정정하실 땐 작은 서점을 운영하셨어. 정리가 핵심이 되는 일이었지.

79

요즘은 작은 서점들도 많이 기계화되고 있대.

대형 서점은 기계화되어 있으니 재고 파악이 수월하지만,

몇 년 전까지 동네 작은 서점은 재고, 출납 파악을 사람이 다 해야 했거든.

아~ 그래서 지금도 정리 끝판왕이시구나. 인스타도 한번 시작하면 사진 착착 정리해서 잘 올리실 것 같은데?

나 진짜~ 아까 아이디 만들 때 엄청 긴장했다.

손님들이 책을 쉽게 찾을 수 있도록,

ISBN*을 보면서 주제에 따라 체계적으로 분류하고 비치하고.

아이디는 음… 이순이 러브로 만들어줘.

이순이가 뭐예요 악ㅋㅋ

개 이름 같다. 이순아~

우리 할머니 이름이야.

아 진짜, 이름 소녀 같고 예쁘시다.

막; 귀여운 강아지 이름으로 지어도 될 정도로…

빼박 탈룰라였잖아 ㅋㅋㅋㅋ

ㅋㅋ

ㅋㅋ

ㅋ

* ISBN (International Standard Book Number) : 국제표준도서번호. 도서 및 자료 정리를 위해 만들어진 고유 식별번호.

탈룰라가
뭔데?

엥?

탈룰라가…
탈룰라지.
그걸 몰라?

아니, 한국 사람이
어떻게 탈룰라를 몰라!
조선 시대에서
살다 왔나.

이도 너 진짜
전생에
세종대왕 아냐?

탈…?

멍ㅡ

아니…
탈룰라는…

이솔은 걸어가며
탈룰라의 유래를
더듬더듬 설명했고,

폰으로
짤방도 찾아
보여주었다.

패륜적인
발언을 했을 때
급 칭찬으로
얼버무리는 게
탈룰라.
영화에서
유래됐고…
웃기네.

별로 안 웃겨
보이는데.

아니, 웃겨.
왜 농담으로
쓰이는지
이해된다.

개그를
설명하니까
개뻘쭘하네…

풋…

아하하하.
하하하하하.

역시 한국 사람들, 해학의 민족이라니까.

아하하!

하하하

해학…? 정말 할아버지 같은 표현이다.

밈의 유래도 다 알고, 기억력이 좋네.

엥??

아냐, 이건 진짜 다 아는 거야!

우리 형은 나한테 맨날 빡대가리라고 하는데ㅎㅎㅎ

아냐. 기억력 좋아. 형이랑도 사이 좋다면서.

아, 벌써 도착했네…

아쉽다.

이솔.

할아버지 인스타 계정 만들어준 것도 고마워.

그게 뭐 별거라고.

너, 네 말대로
장점이
많구나?

잘 가.

두근…

집으로
돌아오면서

부웅

어떻게
내 머릿속에 있는
단어를 꺼낼지,

방법을
고민하려고
했는데.

이도만
생각났다.

개가 하는 말은
열심히 꾸민 말이
아니다.

그런데 왜 이렇게
특별할까.

아이고~!

우리
유~명 인사
왔는가~!!

유명 인사?

ㅋㅋㅋ

야! 엄마들이
니 영상 주소
알려주더라.

막 복도에 누워서
난리난리 치는 거~

같이 봤는데
너~무 웃기더라고!

어…
어버버

아, 아 엄마.
왜…! 그걸 왜!

아 화를 내야지
왜 같이 봐~~!!

야, 웃긴데
잘생겼더라~!!

내 아들이라고
막 자랑을…

나 왔다,
형.

누구세요?
저는 동생이
없는데요?

84

아니.
고루했다고.

그러니까.
별로였냐고.

탈탈

아 뭔 소리야.

멋있고
고루했다!
됐냐?

…고풍스럽다고
하고 싶은 거야?

어? 어어.
그게 그거 아냐?
고루… 골저스!

고루하다
생각하는 것이 낡고
새로운 것을
받아들이지 않다.

고풍스럽다
고상한 풍채나
품격을 갖고 있다.

아, ㅈㄴ
다른 뜻이었네.

…이 모양인데 내가
머릿속에서 적절한
단어를 꺼내
쓸 수 있을까?

피어오르는
의심 1

우양호양호함ㅋ

영상 보냄

야 영상 찍어달래놓고
뭐 달라는 말이 없어

니가 찍어달래서
보낸 보냄ㅋㅋ

페북에도 다 있긴 한데
이게 더 화질 좋음

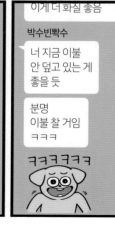

이게 더 화질 좋음

박수빈빡수

너 지금 이불
안 덮고 있는 게
좋을 듯

분명
이불 찰 거임
ㅋㅋㅋ

ㅋㅋㅋㅋㅋㅋ

뭔데
지랄들이야.

고백 한 번
한 거 가지고…

끄악!

아 미친아~!
돌았냐고.

펙!!

아…아니 ㅅㅂ.
영상 조작 아냐?
내가 이렇게 말을
못했다고?

미친!!
개쪽팔려~

니가 한 말도
기억 못 해서
이 난리인 거?

아니, 이 정도로
말했는지는 몰랐지?
대충…

널 좋아하는데,
나랑 사귀자!
그 정도인 줄.

덜덜

덜덜

때려쳐
새끼야.

내가 ㅅㅂ 6일 만에 달라질 수 있을까…????

피어오르는 의심 2

…근데, 이렇게 들어보니까…

내 말버릇이나 패턴 같은 게 좀 느껴지는 듯.

전혀 의식 못 했는데.

내 말버릇을 기억해두고…

구린 말은 안 쓰는 것부터 시작하자.

말이란 게… 내가 할 때랑,

남이 되어서 듣는 거랑은 되게 다르구나.

88

밈(Meme)

모방을 통해서 전해지는 문화의 요소.

현재는 '인터넷에서 유행하는
모든 문화 요소'란 의미로 쓰인다.

ex) 탈룰라, 가보자고~! 등.

송이도에게
고백하기 D-6

하하하

웅성

웅성

웅성

다들 말버릇
하나쯤은
갖고 있었네.

~~ㅈㄴ~~
ㅈㄴ~~~ㅈㄴ
~~~ㅈㄴ~~!!

이제~~
이제~~이제~

~이제~~
이제~~

~근데~~근데~
근데~~~근데~~
근데~

~~아니, 진짜~
아니, 진짜~~~
~~아니,

우리 반은 20명이니까
여기는 20가지의 말버릇이
존재하는 교실.

이 새끼 또 멍때리고 앉았네.

아닌데? 나 진지하게 생각중인데?

이솔

박수빈

우양호

나가자고~ 광합성, 광합성.

니 영상, 막 어떤 학교는 교육 자료로 쓸 거야.

거북●

죠스●

붕어 싸●코

보세요, 말을 개쌉븅신같이 하면 이렇게 븅신이 된답니다? 참고 영상을 틀어보시죠. 뿜!

ㅋㅋㅋ

ㅋㅋ ㅋ

아 꺼져. 너네들이 친구냐??

존…

안 돼. ㅈㄴ라는 말은 쓰지 말자.

정말 나를 놀리네 진짜!!

으ㅅㅂ!

우웩!

붕어가 말하는 거야?

아, 그냥!

영상이고 사진인데, 뭐…!!

영원히 돌아다니떠 ㅈ 된다고~!!

서… 설마 영원히 짤로 돌겠냐.

야, 박진영 비닐 바지도 30년 동안 핫한 짤이야.

와! ㅅㅂ! 그 짤이 우리보다 훨씬 나이 많아 미친ㅋㅋ

ㅋㅋㅋㅋㅋㅋㅋ
ㅋㅋㅋㅋㅋㅋㅋ

야야, 그만하자. 이 새끼 흑화하겠다.

ㅋㅋㅋ

냠…

이미 흑화한 듯. 야, 표정 뭐임ㅋ 개진지충 모드.

ㅋㅋㅋ

나, 흑화 아니…!

아! 밈 빼고 말하기!!

나…!!

빨떡!!

……

??

…흑화가 원래 우리말로 하면 뭐냐?

어?

흑화…

흑화…

?

흑화는…
ㅅㅂ, 흑화지
그게 뭐야.

그래.
흑화는 ㅈㄴ
흑화지.

근데 이도야,
넌 밈 왜 싫어해?

재밌잖아.
너도 막
웃었으면서~

싫다…는 느낌보다는,
지양하고 싶어서.

지향…

'지양.'

그러다보면
할 수 있는 말의 폭이
한정된 방향으로
줄어들게 되고…

생각은 말을
따라가니까…

흑화.

밈을 쓰면,

원래 내가 하려던
표현이 뭐였는지
잊어버리거든.

어떤 일을
계기로 나쁘고
악하게 변하는 것…

* 지향하다: 어떤 목표로 뜻을 향하다.
* 지양하다: 더 높은 단계로 오르기 위해 어떤 행동을 하지 않는다. 두 단어의 의미는 정반대이다.

박수빈 니가
"이 새끼 흑화하겠다"
라고 했으니까.

바꾸면…

내 친구 솔이가
어떤 일을 계기로
아주 나쁘고 악하게
변하겠구나~

ㅋㅋ

ㅋㅋ

아 시발ㅋㅋㅋ
사극이냥ㅋㅋㅋ

아니면 뭐,
내 친구 이솔이
점점 악당이
될 예정임!

으!
개어색한데?
ㅈㄴ 이상해!!

JONNA 이—상
HEY YO!

아 ㅅㅂ. 너네랑 얘기하면
왜, 애들이 랩에 환장하고
쇼미더머니 ㅈㄴ게
좋아하는지 알 거 같애.

헉…!
나도 모르게
비속어 썼다.

근데 좀
시원한 것
같은…

흥….

아 그냥 써.
쓰면 어때서.

우리 전부
이따위로 말하다가,
어른 되면 막 표준어 패치
자동으로 깔리는 건가?

갑자기?

……

……

뭐 그렇지도 않은 듯? 우리 꼰대 교수잖아.

과제 검토할 때 ㅈㄴ 빡쳐함ㅋㅋㅋ

환경을 □□하기 위해, 기업들이 친환경적인 경영 방침을 신박하게 풀어내고 있는데 솔직히 나도 친환경이나 필환경같은 단어가 익숙하진 않지만 인터넷에 찾아보니 중요한것같이 느껴졌다. 단골 카페에서도 화려하게 코팅된 플라스틱 컵을 재활용 가능하게 밋밋스러운 디자인으로 바꾸던 이런 노력이 모여서 친한경이 되는듯□

대학생 수준이 아니라고.

복잡한 현대 사회 지친 현대인들이 현대□□ 힐링하는 법을 찾고 하는데 그게 러닝 크루들과 병을 연 다음에 운동으로 쩌는 기분전환을 할 수도 시끄러운 사운드로 필받은 뒤 스트레스를 조질 수 근데 요즘은 조용한 호캉스가 역시 딱이라는 생각

대학생들 레포트 심각한 거 ㅈㄴ 개많대.

무슨 도서 읽어오라고 하면,

나무위키나 찾고 유튜브 3분 요약이나 찾아본다고 ㅈㄴ 지랄함.

ㅋㅋ

니네 아버지는 별게 다 빡치시네ㅋㅋㅋ

아니야~ 좀 친해졌는데.

솔까 에바라고.

흥흥

야, 이솔. 적당히 좀 해라. 가식 떨면서 본성 계속 숨길 수 있을 거 같냐???

사귀더라도 얼마나 가겠음. 일주일?

격식 차릴 때나 개쌉 오글거리는 말 쓰는 거지…

95

원래 그렇잖아?
병문안 갔을 때도
별로 안 친하면.

괜찮아요?

빨리 낫길
바랍니다.

감사합니다.

솔까 뜻만
통하면 되는 거 아니야?
딴사람들도
다 이렇게 말하는데,
뭐가 문젠데~

근데,
친하면.

ㅋㅋ

이 찐따 새끼야.
또 다쳤냐??

뒈져라
그냥~!

아, 깁스에
낙서하지 마.
미친 새끼들아!

ㅋㅋㅋㅋ

ㅋㅋ

ㅋㅋㅋ맞아~~
ㅈㄴ 친하니까
그런 거지.

그러니까.
내 말이
그 말임.

???

뜻이
안 통했는데.

너네도, 말하면서 막
뜻이 안 통해서
답답한 적 있지 않냐?

......

없는데.

없는데?

아니… 막…
내가 하고 싶은 말
안 통해서 답답한 적
있긴 하잖아.

우리끼리 말할 때
말고, 부모님이나…

96

음~
없어.

딱히
없는데.

너희 아버지
꼰대라서
말 안 통한다며.

아니… 그건…
말이 안 통한다기보단
그냥 우리 꼰대가
성격이 이상해서지.

아니, 뭐래~ㅋㅋㅋ
만약 어제 어떤 새끼랑
싸웠다고 치고.

근데 아무 말도 못했어.
집에 와서 생각나는 거야.
'아~! 그때 그 말 할걸! ㅈ같네!'

집에서도 '와~ 우리 엄마는
왜 똑같은 말만 계속 반복하지?'
학교에선 '선생님 왜,
내 말 안 믿어주지!'

너네도
그런 적 있잖아.
아냐?

그거야…
상대방 인성에
문제가 있으니까.

말이 안 통해서
인성 별로인 걸로
퉁친 거 아님?
ㅋㅋㅋㅋ

나만
답답한가??

야, 이솔.
그렇게 사귀고 싶으면
그냥 대본 써서
처외우라니까.

아니면 그냥
너 자체를 좀
좋아해달라고 해!
좀 친해졌다며?

ㅈㄴ 말하다보니 킹받는 게ㅋㅋ

밈 쓰는 게 꼭, ㅈㄴ 나쁜 것처럼 지랄이야~

<요즘 애들 문해력 심각>, <요즘 십대 어휘력 심각>! 인터넷에서 이 지랄들 하는 것도 개킹받는다고ㅋㅋ

왜 우리만 무식하다고 ㅈㄴ 패는데? 지들은, 바른 말 고운 말만 써?

인터넷 하면 누가 성인이고 미자인지 구분도 못 하던데ㅋㅋ 지들은 우월하다고 생각하니까 개재수없게 지랄이지.

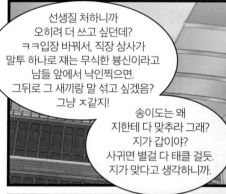

선생질 처하니까 오히려 더 쓰고 싶던데? ㅋㅋ입장 바꿔서, 직장 상사가 말투 하나로 쟤는 무식한 븅신이라고 남들 앞에서 낙인찍으면, 그뒤로 그 새끼랑 말 섞고 싶겠음? 그냥 ㅈ같지!

송이도는 왜 지한테 다 맞추라 그래? 지가 갑이야? 사귀면 별걸 다 태클 걸듯. 지가 맞다고 생각하니까.

그냥, 걔랑 얘기하다보면. 내가 더… 업그레이드?

굴적

좀 다른 내가 보이는 것 같은…

…어?

난 걔 별로. 걔 아니면 안 되는 이유가 뭐야?

걔랑 있으면…

98

나 방금 되게 멋있는…
정리된! 생각했어!
고백할 때 써야지.

톡 톡

?

톡독

톡

내가… 더
업그레이드…
또다른 나…

암튼, 도와줄
생각 없으니까
알아서 해라~

야, 가냐?
빡쳐서?

안 빡쳤어,
븅신아ㅋㅋㅋ
오줌.

아~ㅇㅋㅇㅋ

그리고 니,
별로 도와준 것도
없잖아ㅋㅋㅋㅋ

ㅈㄴ 생색
ㅋㅋㅋㅋ

들켰넼
ㅋㅋㅋㅋㅋ

양호 너도…
이도 별로야?
안 사귀면
좋겠냐?

아니.
난 꼭 니가
걔랑 사귀면
좋겠다.

꼭 친해져서
소개. ㅇㅇ?
알았냐?

야…

감동~

송이도랑 같이
다니는 조안나.
걔 ㅈㄴ 이쁨.

99

어? 어제 그 개그맨 친구~

불쾌···

오늘 네 친구들 좀 빌려줘!

···???

?????????

부아아앙

누가 빵 사달랬나!! 용건 빨리 말하고 꺼져!

쾅

이런 데서 너랑 마주앉아 음료랑 디저트 먹고 싶지 않다고!

나 용돈 다 털었다~!

일단 먹어.

OK!

101

아… 진짜. 너는 깨무는 강아지 같애. 너 옥시토신 치와와 영상 알어? 그거 닮음.

아 몰라!

이런 데 나랑 쫌! 같이 와주면 안 되?

'안 돼'야. '도'에 'ㅐ'!

안 돼?

네 친구들이랑 놀 것이지, 왜 우리한테 치근거려? 용건 말해. 딱 20분만 있다 간다.

아~ 알았어~ ㅎㅎㅎ

딱히 안 되는 건 아니지.

돼.

되?

된다구.

됐다고?

정말 귀신같이 바꿔 쓰는구나. 아, 네 맘대로 써라 그냥.

스트레스!

일단은…

102

네 키 가지고 내가 지랄했던 거… 아니… 내가… 말실수 한 거 사과할게.

미안.

그런 외모적인? 타고난? 그런 건 놀리는 게 아닌데 미안하다.

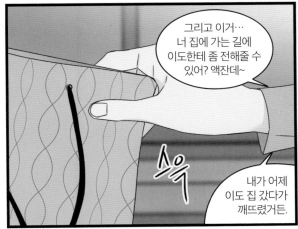

그리고 이거… 너 집에 가는 길에 이도한테 좀 전해줄 수 있어? 액잔데~

내가 어제 이도 집 갔다가 깨뜨렸거든.

오늘 내 친구들하고 얘기해봤는데… 걔들은 내가 굳이 바뀔 필요 없대.

뜻만 통하면 된… 됐? 된다고!

아까 전해주는 걸 깜빡했어.

그냥 니네랑 대화하고, 또! 의견도 좀 묻고 싶어서.

그렇게 결론 났어?
그럼 그렇게
살면 되잖아.

근데 나는…!
그, 뜻이 안 통하니까
답답한 거거든?

근데 다른 애들은
안 답답하다는 거야~
자기들은 안 통하는 게
없대!

그리고,
듣다보니까
어느 정도 애들 말이
맞는 부분이 있다??

야, 솔까 밈이 왜 나쁜데?
밈은 다 같이 빠르게,
똑같은 생각 할 수
있잖아.

막~~ 압축!
압축적이고!
솔직히~ 표준말이
더 수준 높은 건 아니잖아.
그러니까 굳이 잘난
척할 건, 아니라는 거지!

대학교
좋은 데 나왔다고
안 좋은 대학 나온 사람
무시하는 거랑
비슷하잖아.

그런 건 좀
아니잖아?
솔직히? 인정?

네 친구들도
너랑 비슷하게
말하잖아.

그렇지?

밈이랑 비속어로 소통해왔을 거 아냐. 이도를 만나기 전까지, 네가 답답하고 불편한 적 있었어?

어… 아니? 가끔?

안 불편한 게 아니라 모르는 거야. 뭐가 불편한지도 모르는 거라고.

처음부터 없었던 물건이라면 그게 불편한지 편한지 어떻게 알겠냐?

너무 옛날에 돌아가셔서 기억도 안 나.

……

그냥 처음부터 없었던 것 같아서 불편하지 않고 그립지도 않아.

…그럴 수… 있겠네.

남들이 잘난 척한다, 말의 수준이 낮다는 건 너의 자격지심 아냐? 학력 비유도 어이없네.

자격… 아닌데?

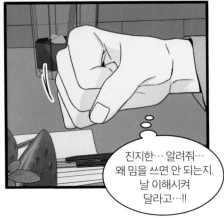

진지한… 알려줘… 왜 밈을 쓰면 안 되는지. 날 이해시켜 달라고…!!

이솔은 진지한이 마음속
답답한 곳을 뚫어주길
내심 기대했다.

친구 수빈이와 양호의 말에
반박하지는 않았지만,
완전히 동의하지도
않았기 때문이다.

한국 사람들은
누구보다도 언어 갖고
놀기 좋아해-

인터넷 조금만 해봐도,
<드라마 띵언 모음>
<유명인 띵언 모음>
많이 돌아다니잖아?

명=띵이라고
부르는 게 너무 웃겨
~ㅋㅋ

개그맨!
네 말대로 '밈'이
그렇게 나쁘지만은
않아~

'밈'도
'언어 놀이' 중
하나니까.

그럼…
굳이 왜 이도는
지'양' 한다고
하는 건데?

밈을 쓴다는 건
우리끼리 외국어를
하는 거랑 비슷해.
언어가 완전 다른
외국인과 얘기하면

뭘 말하고 싶은지
눈빛, 보디랭귀지를 통해
뉘앙스는 전달할 수 있지만
정확한 뜻은 모르지.

밈은 유행을
타니까.

수명이 짧고,
압축되어 있고,
우리끼리만
통하니까.

맞아, 맞아~
나도 처음엔 한국
meme-을 하나도 몰랐거든!

106

나한테 말 거는 반 애들 많았는데, 뜻을 알아들을 수가 없어서~

그게 원데?

그게 왜웃긴데?

설명 please!

일일이 물어보니까 점점 나한테 말을 걸지 않더라고~ 근데 이도랑 지한이 말은 알아듣기가 쉬웠어!

우리는 평생 비슷한 나이대의 사람들하고만 어울리면서 살 수 없어.

보편적 사회인이 되려면 모두와 통하는 말을 해야 하고, 그건 장기적으로 나한테 이롭기 때문이야.

고학력자가 언어 독해나 말하기 능력이 더 뛰어날 수는 있겠지만, 필수 요소는 아니거든.

그러니 이솔, 네 말은 틀렸어. 기초 학력이 없어도 말을 잘하는 사람은 분명 존재하니까.

중요한 건 자신만의 논리, 경험과 철학.

그걸 뒷받침할 약간의 지식이겠지!

그냥 너한테 맞는 걸 찾아, 이렇게 시간 낭비 하지 말고.

나한테 맞는 방법…? 그게 뭔데?

그게 뭐냐고…!! 그냥 알려 달라고…!!

안나 넌? 안 가?

난~

좀더 있다가 갈래!

그래, 그럼. 내일 보자.

딸랑

지한이는 널 싫어하는 것 같지만 말야~

난 생각이 달라.

쿡

난 네가, 이도랑 잘됐으면 좋겠어!

뾰옹♡

?!

진짜? 대박.
넌 아군이야?

아구니?
응, 아구니야.

세상 사람들이
이도의 멋짐을
너무 몰라줘~

그리고 난
개그맨 친구가
있음 좋겠거든!

그리고 또~ 한국의
코노(코인노래방) 좋아하는데,
지한이랑 이도는 절대 안 가~
너랑 친해지면
다 같이 끌고 갈 수
있을 것 같아.

지금은 2대1이라
설득이 어렵다고~

이도 집에 갔었다며?
할아버지도 봤겠네.

어… 진짜
분위기 쩌시더라.
추성훈같이 생기셨던데…
무섭고.

무섭다고?

할아버지~~!

아이고~
지한이 왔냐.
안녕도
왔구나~!

헤헤!!

꼬

옥

배신감…

헐……

이솔, 있잖아.

이도가 원하는 건~
네가 지한이와 똑같이
되는 게 아닐 거야…

너의 큰 특징. 그러니까~
Nonverbal expression!

톡
톡

톡

그걸 한국에서는
뭐라고 하더라…?

영어는 톤이나 뉘앙스가
더 중요할 때가 있거든?
비-언어적인 부분도
엄청 엄청 중요해~

네가
'말하기'는 부족해도
표정과 보디랭귀지는
풍부하잖아?

비-언어적
표현이라고
한대!

지한이가 말해줬는데, 이도도 첨엔 오해를 아주 많이 받았대~~

이도는 예쁘잖아? 반 애들이 와서 말을 많이 걸었었대!

"오늘 코노 갈래?" "너 피부 관리 어떻게 해?"

이도는 정신이 산만하면 상대방 감정보다 말의 내용을 정리하는 데 시간을 써야 한다나~

정신없이 구니까 그냥 빤히 쳐다만 봤나봐.

아무튼.

쏟아지는 질문에 다 대답해 주려고 머릿속으로 생각했대. 이건 이렇고, 저건 저렇고~

그렇게 잠깐 반응 안 하다가, "나는…" 하고 입을 여니까 애들이 화내고 가버렸대.

"너 왜 우리 말 씹냐? 됐다, 됐어!" 라고 말이야.

집중을 흐트러뜨리지 않는 장소에서 얘기하고 싶었어.

나는 산만해지면 상대방 얘기에 집중이 잘 안 돼.

내가 고백할 때 이도가 얼마나 정신없었을까…?

내가 너라면
같이 공감대 만들고
얘기하면서,

비-언어적인
감정 전달.

아이 콘택트.

진지한의 조언.
나한테 맞는 걸
찾아라…

조안나의 조언.
비언어적인
표현을 살려라.

장점은 다
살리고,

단점은 다
버려야 해.

형아, 자?

어.

깨 있구만~

마주보고 자는 건 왠지
토 나오기 때문에
이렇게 누워 자는 것이
익숙한 형제.

정말 놀랍도록
아무 감정의 동요가
없었다.

ㅋㅋㅋ

ㅋㅋ ㅋㅋ

ㅋㅋㅋ

ㅋㅋㅋ

오늘은 일찍 자네, 형.

새벽 다섯시부터 일어나서 하려고.

아 쒸… 중간에 알람 소리로 깨면 종일 피곤한데!

암튼 고생해라.

코오오오

너는 ㅈㄴ 남의 일처럼 얘기한다?

너도 내년에 고3이거든?

난 대학 안 갈 건데.

돈 벌 거야.

그럼 학교도 때려치우지 왜 다녀.

에휴…

학교는 재밌으니까? 친구들도 있고 이도도 있고~

아 근데, 왜 한숨이야?

대학교 등록금도 개…비싼데 아니, 그냥 비싼데. 난 왜 자꾸 개를 붙이지? 개를 좋아해서 그런가.

습관이야.

고칠 거야. '개'!! 안 붙일 거라고.

암튼, 대학교 등록금도 개비싼데… 비싼데!

집에서 형한테 몰빵해주면… 몰빵? 몰아주면! 형은 좋잖아.

니가 좋아하는 송이도, 걔도 대학 안 간대? 대학 가면 들이대는 새끼들 줄을 설 거다.

그건 개싫… 그건 싫다~

…하… 그러고 보면 진지한이랑 이도는 같은 대학 갈 수도 있겠네.

응?

아니, 지한이라고 깨무는 치와와 같은 애 있어.

형은 대학 어디 가게? 반에서 몇 등 하나?

5등 정도.

엥???

뭐야?

공부 잘하는 콘셉트였냐? 미친~

콘셉트는 무슨. 내가 네 수준인 줄 알았나?

아니,
쌉소리가 아니라
잡소리… 헛소리?
개소리? 개쌉소리?

아니… 맨날
'KICK킥' 같은
쌉소리 하길래ㅋ
ㅋㅋㅋㅋ

ㅋ…

'농담'이겠지.

그래ㅋㅋ
농담하길래.

학교 다니는 게
재밌다니 다행이다,
인마.

공부 안 하면
재미라도
있어야지.

뒤척

형 내가
오늘 이도 친구들이랑
얘기하고,
생각 정리를 좀
해봤는데.

생각 정리?

암튼 말을 생각보다,
진짜, 많이 하는 거야.
15분이면
그 두 배잖아.

정확히는
1.875배.
말을 많이 하는 게
중요하냐 지금?

원인 파악을
제대로 해라 좀.

첨엔 15분 대화 엄청 쉽겠다~
생각했었거든! 집에 오면서
8분짜리 유튜브를 2배속으로
봤는데… 말을 ㅈㄴ…
아니…

아 씨!

나는
ㅈㄴ란 말을
ㅈㄴ 많이 써.

그래야 제대로 된 답이 나오지.

그건 무슨 이과적 소리야.

'말을 못한다'가 얼마나 넓은 개념인지 생각해봤냐? 송이도가 원하는 결과를 도출하려면 그거부터 알아야지.

넌 말을 왜 못한다고 생각하냐?

그냥 생각나는 대로 아무 말 대잔치해서 그렇겠지 뭐.

내 생각엔 말을 못하는 유형은 크게 세 가지가 있어.

첫번째. 생각은 곧잘 하는데 순발력이 떨어져서 말을 못하는 유형.

두번째. 질문이 나왔을 때 머리가 백지장이 되어 말을 못하는 유형.

세번째. 욕설이나 밈만 알아서 앵무새같이 그 단어만 반복하는 유형.

네가 해당되는 건 어디쯤이냐?

음… 2는 아니야.

뭔가 말을 하고 싶기는 하니까!

117

1+3…
같은데…

굳이 고르자면
첫번째 같아.
생각은 하는데 말을
못 찾겠는 거~

이도도 나한테
그런 말 했거든.

정확한 표현을…
서랍…
정확히 쓰기.

뭔 소리야?

암튼 그런 게
있어!! 형이랑
비슷하게 말했어.

유형은 알겠고
방법은??
극복 방법!

그건 니가
찾아야지.

아니… 나도
찾고는 있는데.

아, 왜!

왜 다들
그냥 알려주진
않아?

물어보고, 알려주고,
그럼 나는 그대로
하면 되는데.

나는 니가
그래서 딱 싫어.

다 떠먹여달라고
할 때마다
ㅈㄴ 정떨어져.

뭐?
배우려는 사람이
왜 싫은데?

와~ 이한.
완전 성격
파탄자네?

다른 사람이
얻은 경험치가
우습냐?

네가
알고 싶은 정답을
다른 사람에게,
단번에 쉽게 구하려고
하지 말라고.

핑프*라는
말이 괜히
있는 줄 알아?

답만 외운다고
수학, 물리 문제가
해결되냐?

스스로 이해를
해야지!!

남들한테도 분명
그딴 식으로, 그냥
알려달라고 했지?
쉽게 쉽게!

남들이 깊이
헤엄치며 배운
노하우를,

물장구나 깔짝대는
사람한테
왜 알려줘야 하냐고.

수영할 줄
알아.

ㅋㅋㅋ

아, 진짜~!

아 농담이야.
비유한 거, 안다고~!

나라면
알려줄 거야.

빠져 죽지
말라고…

야, 쉽게 찾은 답은 쉽게
머리에서 빠져나간다.
다른 사람의 답이
너한테 똑같이
적용되지도 않고.

사는 환경,
살아온 인생,
주변 사람 전부 다른데.

* '핑거 프린스' 또는 '핑거 프린세스'를 줄인 말.
검색하면 쉽게 찾을 수 있는 정보를 작은 수고도 하지 않고 질문하는 사람을 뜻한다.

그냥 내 수준이랑 비슷하다고 생각했던 형은

공부도 잘하고 말도 잘하는 사람이었다.

넌 니가 좋아하는 옷이나 모자는 직접 입어보고, 써보고 사면서.

니가 옷 사는 만큼만 말에 신경썼어도 맞춤법을 그 지경으로 쓰진 않을 거다.

말을 잘하는 방법은 사람마다 다 똑같이 적용되지 않는다…

사람들의 체형이 다르면 옷 핏이 다르듯이.

그래도 나는 누가 앞서서, 방법을 알려주면 좋겠어.

나보다 훨씬 똑똑한 사람들도 비슷하게 고민했을까, 처음에는…

그리고 사는 환경에 따라 적용되거나 적용되지 않기도 한다…

무슨 말인지 알겠어…

근데…

많지.

그리고
그런 사람들은,
자기가 알게 된
해결 방법을
알려주고 싶어하고.

생각해보니 전부
한 장소에
모여 있네.

뭐??
거기가
어딘데!!

여길
내 발로 온 건
처음이다.

끌꺽

우양호양호함ㅋ
거길 왜 가ㅋㅋㅋㅋ

박수빈빡수
주말에 혼자?
할 일 없냐ㅋ

이 새끼 시간이 남아도네ㅋㅋ

BOOK ZONE 03

송이도에게
고백하기
D-5

학교 수업에 필요한
참고서를 살 목적으로
방문해,

목적인 참고서만 사고
1분 만에 나가는 곳으로

아, 여기 있는 거
완전 어색하네…

E 03

이솔에게
서점이란

오래 머무를 일도,
자진해서 찾아올 일도
없는 장소였다.

'말을 잘하는 법'에
대한 책도 있겠지?

C-2 인문
베스트셀러

누구나 그렇듯

관심이 생겨야
보이기 시작한다.

생각보다
'말'에 대한 책이
엄청 많네…

이런 걸 다들
사 본다고?

…!!

이전의 이솔에겐
없는 곳이나
마찬가지였던 세계.

122

말을 잘하고
싶은 사람들과

방법을 전달하고 싶은
사람들이 모여 있는
장소…

형 말대로

똑똑한 사람들이
자기가 아는 걸
'알려주고 싶어서
안달난' 느낌이다.

좋아!
제목을 보는
것만으로도

이미 절반은
성공한 느낌이
들어.

예전의 솔이라면
아마 선생질이라고
표현했을 것이다.

이솔은 베스트셀러라는
『관계를 상승시키는
대화법』을 집어들었다.

목차… 오…
그럴듯하고.

우리는 그래서,
우리에게 직면한
언어 문제에 대해
당위성을 갖고
접근해야 하며…

의견을 취합하여,
타인의 언어에 귀를 기울이며
흩어지는 말을 방관하지 않고…

취합?
방관…

직면…?
직사각형면?

당위성…?
당. 위성? 당위. 성?
중국말인가…

뇌 속 한계를
넘어설 수 있도록 우리 머릿속
시스템을 개편해야 한다.

개편해야
한다고…?
개편하다?

책에서
개편하다는
말을 쓰네ㅋㅋ

그냥
편하다고
해야지.

…근데
내가 아는 뜻이
이게 맞나…?

막히는 단어가 나올 때마다,
이솔은 핸드폰으로 단어를
검색해가며 책을 읽었다.

BOOK ZONE 03

그렇게 얼마 정도
시간이 흐르자…

툭

우울해졌다.

지친다.

한국말인데 왜…
영어 단어 검색하듯이
찾아가면서…

아니…
모르는 단어에
집중하다보니까
무슨 말을 하는지도
잘 모르겠어.

쓴 사람이
앞에 있으면

"근데 이건
무슨 뜻이에요?"

라면서
물어봤을 텐데.

이 책 지은 사람한테
따돌림당하는 것 같은
느낌이 드는 건,
왜지…

베스트셀러.
사람들이 엄청
많이 산 책.

보통 사람들은
자연스럽게 이해하면서
보는 책.

나는 모르고
남들은 너무
당연히 아는 것.

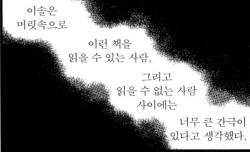

이솔은
머릿속으로

이런 책을
읽을 수 있는 사람,

그리고
읽을 수 없는 사람
사이에는

너무 큰 간극이
있다고 생각했다.

물론 이솔은 간극이란
말을 모르기 때문에

보이지 않는 선이
존재하는구나, 생각하며
'선 넘지 마'라는
밈을 생각했다.

공부를 하는 건,
세상의 해상도를
높인다는 말을

SNS에서
본 적이 있다.

뭐야ㅋㅋ
해상도를 높여??
ㅋㅋ 오글거려~!

라고 생각했지만
그 말은 기억 속에
남아 있었다.

말에 관심 있는 사람들은
이런 책을 읽어도 바로
이해하기 때문에
내용도 잘 흡수하고,
발전하는 거겠지.

관심이 없어서
문제 인식도 못 하면
이렇게 점점
글을 읽기가
힘들어지는 거고,

그게 반복되면
책을 읽을 수 없는
사람이 되겠지,
지금 나처럼.

126

이도는 내가 이도만큼의 단어를, 문장을 알고 있을 거라고,

내 머릿속에 다 있을 거라고 말해줬는데…

내가 원래 갖고 있던 것들까지 점점 단순해지면서

원래 있던 게 다 잊히면, 어떡하지?

그럼 계속 남의 말만 빌려서 말하게 될 텐데.

친구들은 뜻만 통하면 밈이든, 욕이든 아무 상관없다고 했지만… 정말 아무 상관이 없는 건가??

EWS 속보

그렇다면 왜 예능, 뉴스 할 것 없이 방송에선 정돈된 말만 나오지?

독서가 나에게 맞지 않는 방법인 건 알겠지만, 이렇게나 차이가 나다니. 너무 답답하다…

원래 내가 있던 데로 도망치고 싶어져.

말을 못한다고 해서
생각까지 못하지는 않는다.
놀랍게도 이솔은 머릿속에서
이런 복잡한 생각을
거침없이 펼쳐갔다.
하지만 입 밖으로 나온 말은—

솔이는
서점 밖 벤치에 앉아
머리를 식히기 위해
즐겨 보던 유튜브를 틀었다.

그걸 보면 기분이
조금 나아질 것
같았기 때문이다.

재미있는
물리 실험을 하는
유쾌한 스트리머였다.

완전, 그래서
딱 돌아버렸죠~

오히려 좋아!

…갈라치기…
쩌네.

그 말을 내뱉자,
이솔이 진지하게 생각한
복잡하고 생경한 심정은
그저 '갈라치기 쩌는'
얄팍한 감정이 되었다.

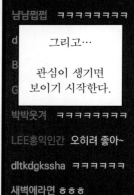

KBJ0931 돌아버렸죠ㅋㅋ

K ㅏ0딩 돌았죠ㅋㅋㅋ

냠냠쩝쩝 ㅋㅋㅋㅋㅋㅋㅋ

d

B

G

박박웃겨 ㅋㅋㅋㅋㅋㅋㅋ

LEE홍익인간 오히려 좋아~

dltkdgkssha ㅋㅋㅋㅋㅋㅋ

새벽에라면 ㅎㅎㅎ

나도 좋아하는
말이지만.

그리고…

관심이 생기면
보이기 시작한다.

다들 말을
따라 하기만
하네…

128

똑같은 말만
계속 반복하고…

…이런 게
대환가?

스트리머나
구독자들은
다 좋다는 분위긴데,

그냥 날아가는
이런 말들이…
이게 대환가?

솔이의 답답함은
더 커졌고,

하지만 조안나의
말처럼…

이도도 나한테
그런 걸 원하는 건
아닐 거야.

답답하면 언제나
자기도 모르게 조금
눈물이 나는 편이었다.

나는 죽어도
이도에게 진지한 같은
친구는 될 수 없겠지.

저기 봐.
엄청 잘생겼다.

근데 왜
울고 있지?

컵…

실연
당했나봐
ㅋㅋㅋ

야, 이솔.
네가 할 수
있는 걸 해.

내가
자신 있는 건…

포기하지
않는 것.

지금의 나라도
읽을 수 있는 책을
찾아보자.

이건…
일기처럼
쓴 책이네.

누군가를 사랑할 때 '사랑에 빠지다'라고 표현하고
영어로 'fall in love'라고 표현하는 점이 참 재미있다.
우리는 사랑에 걸려 넘어지는 것도, 적셔지는 것도 아니고
사랑에 빠진다.

사랑에 빠지다.

그래서 너한테
헤어나올 수 없다,
라고도 표현하는 건가?

헤엄쳐 나오기
힘들 정도로
빠져 있어서?

말이 이렇게
연결돼 있다니.

책의 결론이
궁금했던 이솔은
맨 마지막 장을
펼쳐보았다.

사람은 죽어도
말은 죽지 않는다.

그래서 역시 말은,
고르고 골라야
하는 법이다.

독서 토론처럼…
이도와 진지한의
대화처럼…

각자의 감상을
나누는 일도
좋지만,

내가 너라면
같이 공감대 만들고
얘기하면서,

비-언어적인
감정 전달.

공감대…

같은 책이라도
이도와 내 머릿속에
떠오르는 이미지는
다를 거야…

좀더, 같은 것을
보고 얘기할 수
있으면 좋겠다.

아…

이거면
괜찮을 것
같다.

내용도
재밌어
보이고…!!

영화…
이도랑 같이 영화를
보면 어떨까.

되도록
'언어'에
대한 주제로…

이도야 바빠??

내일 너랑 같이
영화 보고 싶은데

영화관 아니라
OTT로ㅎ

카페 같은 데서
어때??

♥이도♥

난 오늘도 괜찮아.

카페보다는
집이 더 좋은데
우리집은 어때?

내 방에 TV 있어.

?!

오늘?!

이도 방에서 둘이 영화?!

이도 집 거실이랑 부엌은 구경했지만,

이도 방은 2층이라서 못 봤었는데.

내 방에 TV 있어.

완전 ㅇㅇ 완전 댐 되도도 ㅐ됌1!!

아 아니야… 침착해!!

내 방에 TV 있어.

와! 나는 좋아. 몇 시에 가면 되?

정말 '되'랑 '돼'를 귀신같이 바꿔 쓰는구나…

……

한심…

와! 나는 좋아. 몇 시에 가면 돼?_

검색해 보고 고침

두근

두근

이도랑 둘이 영화 본다.

시라노
영화 | Cyrano | 20■■년

감독 ■■■, ■■ ■■■

출연 ■■■■ ■■■■, ■■■■■ ■■ ■■■ ■■■

국가 ■■■■

개봉 ■■■ ■■ ■■■■

장르 ■■■■■

줄거리 소개

위대한 시인이자 철학자, 날카롭고 명석한 두뇌의 소유자인 시라노. 그는 자신의 외모에 커다란 콤플렉스를 느껴 어릴 적 친구이자 짝사랑 상대인 록산에게도 자신의 마음을 숨긴다. 한편 마을에는 전도유망한 젊은 군인 크리스티앙이 찾아오게 되고, 록산과 크리스티앙은 첫눈에 반한다. 크리스티앙이 자신에 대한 마음을 수려한 글로 표현하길 원하는 록산, ■■■■■■■■ 부족한 크리스티앙은 ■■■■■■■■■■■ 시라노는 크리스티앙의 ■■■■■■■■■ 대■■■■■■■■ ■■■■■■■■■■■■ ■■■■ 시작한다.

※ 참고 도서: 『고르고 고른 말』, 문장 인용을 허락해주신 홍인혜 작가님께 감사드립니다.

이도야~!

오래 기다렸어?
밖에 나와서?

방금.
예쁜 옷
입었네.

헤헤…

집에 가서
갈아입고 오길
잘했다ㅎㅎ

타박

여기가
바로…

끼익

영화 〈시라노〉.
시라노는 위대한
시인이자 철학자.

커다랗고 긴 코를 가져
외모에 자신감이 없는
시라노는,

어릴 적부터 좋아하던
친한 친구 록산에게
사랑을 고백하지 못한다.

한편 록산은,
젊고 잘생긴 군인
크리스티앙과 서로
한눈에 반한다.

그녀는
아름다운 글과 감동적인 말로
그가 사랑을 표현해주길
바라지만,

형편없는 글솜씨와
부족한 말솜씨를 가진
크리스티앙은

시라노의 편지로 인해
록산과 크리스티앙은
점점 사랑이 깊어진다.

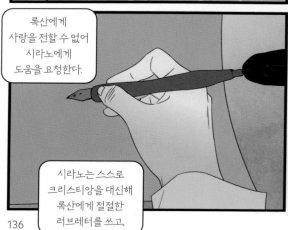

록산에게
사랑을 전할 수 없어
시라노에게
도움을 요청한다.

시라노는 스스로
크리스티앙을 대신해
록산에게 절절한
러브레터를 쓰고,

그리고 시라노의
외로운 사랑도
걷잡을 수 없이
커져가는데…

CYRANO

이솔…
잘 우네.

…!

할아버지…?

주책이구먼.

137

흥! 뭐 크게 재밌지도 않았다.

넌 이걸 왜 같이 보자고 한 거냐.

......

왁 락

?!

꼬옥

뭐하는 거야, 이 자식!! 갑자기!!

퍽!!

질색!

그냥…

안아드리고 싶었는데요.

울고 계시니까…

......

…순이가 생각났지 뭐냐.

순이?

아…

이순이 할머니.

138

나도 옛날에 저렇게 편지로 마음을 전했다. 편지 쓰면서 좋아하는 마음은 더 깊어졌지.

사람은 기록하는 대로 생각하고, 생각하는 대로 마음이 움직이니까 말이다.

시라노도 분명… 자신의 마음을 편지에 화려하고 아름다운 말로 꾸며 쓰면서, 좋아하는 마음이 점점 커졌을 거야.

록산을 향한 마음이 나중에는 정말 걷잡을 수 없이 활활 타올랐겠지.

내가 청년이었을 땐 전화기가 있는 집도 별로 없었고, 마음을 전달할 수단이라고는 편지뿐이었다.

글은 말보다 진정성이 느껴질 때가 있으니까.

진정성… (진짜 마음? 이겠지?)

그래서 사람들이 연예인들한테 자필 사과문을 바라는 건가.

매일매일 순이의 편지를 기다렸다.

편지가 오면 외울 정도로 많이 봤지.

한 문장 한 문장 진심을 담으려고 애썼어.

왜 꼭 손으로 쓰는지 궁금했는데…

서로 시를 써서 주고받기도 했다.

남들이 보기엔 어설펐을지도 모르지만,

'단 한 명에게 바치는 세상에 하나뿐인 시'라는 게…

받는 사람에게 얼마나 특별했겠니.

요즘은 너무 쉽지.

모든 게 너무 쉬워졌어.

말도 그냥, 깊은 생각 없이 툭툭… 누가 누가 세게 말하나 경쟁이라도 하는 것처럼 느껴져.

시간이 갈수록 더 그렇더구나. 더 세게, 더 자극적으로, 더 강하게 표현하려고 해.

'생각하는 대로 마음이 움직인다' …

작년인가?
친구랑 싸우다가

ㅅㅂ, 진짜
ㅈ같애!

라고
말했더니

진짜 ㅈ같은 기분이
확 들어서 손절했었지…
사실 ㅈ같은 정도는
아니었는데.

내 감정을 내가
느끼는 것보다
강하고 자극적으로
표현하지 않는 것…

야, 나 너한테
서운하다.

이 정도로 말했으면
그냥 서운한 감정으로
끝났을지도 몰라.

걔랑 지금까지
잘 지낼 수도…

이건…
아주 중요한
부분 같아.

할아버지께 편지를
보여달라고 졸랐는데
보여주시지 않았다.

할아버지는 아직도
그 편지를 읽을 때마다
"순이가 옆에 있는 것처럼
느껴진다"고 하셨다.

편지를 받았을 때
그 감정, 그날의 날씨,
할머니 목소리까지.

싫어, 인마!!

퍽!!

아,
왜요~!

질색!

그 얘길 들으니 서점에서
읽은 책의 마지막 페이지가
생각났다.

사람은 죽어도 말은 죽지 않는다.

그래서 역시 말은
고르고 골라야 하는 법이다.

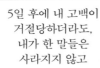

5일 후에 내 고백이
거절당하더라도,
내가 한 말들은
사라지지 않고

이도의 기억 속에
오래 남았으면 좋겠다.
할아버지가 간직하는
편지처럼.

응,
이입하셨는데.

나는
'크리스티앙'한테
이입되더라.

그랬어?

빙의라니…
쪽팔려…ㅜㅜ

할아버지는
'시라노'에 빙의…
아니…

이입?

말을 잘
못하는 게…

남 일 같지가
않아가지고…
ㅎㅎㅎ

말로 전달이
안 되니까 자기도
너무 답답해서,

"키스해줘요!"

라고
외치잖아?

생각해보니까

나… 할아버지를
안아드린 적이 없어.

말이 부족하니까
다른 걸로
마음을 전달하고
싶었겠지…

예를 들자면
비…언어적?
표현.

응…

할아버지는
사랑하는 사람과,

그 사람이 낳은
사랑하는 사람까지
모두 잃으셨는데.

할아버지,
우울해?

우울하면
술 마시잖아.

가끔
그렇구나.

힘내요.

그래.

나는 할아버지를
한 번도…

……

…할아버지는
네가 안아드려서
좋아하셨을 거야.

143

괜찮아.

삐익

버스 왔다.

갈게, 이도야.

오늘 같이 영화 봐서
진짜, 진짜 좋았어.

주말 잘 보내!

부웅

꺼안는 행동은
생각보다 더 대단한
위력이 있었다.

이도는 이 감정을

최대한 빨리
전달하고 싶었다.

!

무슨 일 있니?

그냥…

안아드리고
싶었어.

이도네 집에 갖다줄 게 있다며.

잘 갖다줬어?

아뇨…

응? 왜?
집에 아무도 없어?

내일 가려고요.

타악

딱 한 시간이고 와이파이 연결하지 마.

몰래 인터넷으로 쓸데없는 거 깔면 뒤진다 진짜.

알았다고~ 고맙다고~

노트북 한 시간 빌려주면서 생색 쩌네.

삑

삑

한글 깔려 있나?

있을걸?

감사감사.

붕

붕

오늘 왜 그렇게 기분이 째져?

형이 보기엔 그래? ㅎㅎ

148

"사람은 기록하는 대로 생각하고,
생각하는 대로 마음이 움직이니까 말이다."

기록하는 대로
생각하고,

생각하는 대로
마음이 움직인다고
하셨지…

깜빡

'말'은 보이지
않지만, 글로 쓰면
볼 수 있게 된다.

말을 보이게 쓰면
이도 얘기처럼
정리도 쉬워질 거야.
뭘 써볼까…

이도에게 할 고백을
일단 글로 길게 써봐?

요 며칠 동안
아이디어 떠오를 때마다
핸드폰에 메모했는데.
고백할 때 쓰면 좋을 것
같은 말이랑…
뭔가 트이면서…
떠오른 생각들.

음…

이솔은 눈을 감고
자신의 행적을
생각해봤다.

그건 고백하기
이틀 전쯤부터
써보기로 하자.

어쨌든
나는 엄청
성장한 것 같다!

며칠 만에!!
ㅎㅎㅎㅎ

학교에서 고백했을 땐, 영상이 찍혔으니까 어떻게 말했는지 알 수 있었는데…

미술관에서 한 고백은 점점 기억이 잘…

비싸 보인다고 얘기했고.

어쨌든 허접하게 말한 건 분명하니까…

지금의 나라면 미술관에서 더 멋지게 말할 수 있었겠지…!! 그 그림, 검색하면 나오나?

형아 잠깐만 나 인터넷 좀 쓰면 안 돼? 검색할 게 있어서.

안 돼.

치사하게… 내 폰으로 검색하고 말지!

미술의 전당,
신규 상설 전시 개최

오… 뉴스 기사에 그 그림도 있네.

이 그림 앞에서 이도가 내 감상을 물어봤었는데…

이솔은 이 그림에 대한 감상을 써보기로 했다.

타닥

이… 그림은.

타닥

탁

난 그때완 달라졌어!!

적당히 멋진 단어. '내면'…

'개인적' '공평함'

오~ 좋아. 역시 늘었다니까 ㅎㅎㅎㅎ

으음…?

그런것같다.

오래된다고

유명한건

신박한게

들은것같은데

구지

투구썼는데

빨간 줄… 이거 맞춤법 틀렸을 때 표시되는 건데.

구지가 아니라 굳이…로.

'신박하다'는 왜 계속 빨간 줄이지?

헐? '신박하다'가 표준말이 아니야?

허얼~

밈이없어?!

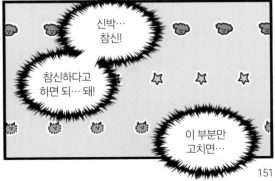

신박… 참신!

참신하고 하면 되… 돼!

이 부분만 고치면…

151

완성!!!

이 그림은 분명 오래됐을 것이다.
오래됐으니까 지금은 유명해져서 미술의 전당에도 걸리고 그랬을 듯.
오래됐다고 다 유명한 건 아닌데 이건 유명한 그림으로 뽑혀서 그런 것 같다.

뽑히는 기준은 잘 모르는데 지금 사회에서 유명한 전문가가 봤을 때 뭔가 좀 참신한 구석이 있으면 뽑았을거라고 추측되고, 근데 그 기준은 좀 개인적이라 공평하지는, 않다고 생각하는데 옛날 사람이지만 화가가 살아있으면 떼돈 벌었을 것 같고 운이 좋았을 거라 생각된다. 요즘 시대로 따지면 로또 복권같은 것이다. 그런데 아무나 살 수는 없다 그림을 그릴 줄은 알아야 적어도.

하여튼 옛날 사람들은 여자를 많이 그린다. 근데 이건 실물 여자는 아니고 신이니까 상상같은 거지 싶다. 상상이면 모델도 머릿속으로만 생각하고. 근데 그럼 이건 전사를 나타낸 그림이라고 그때 얼핏 들은 것 같은데 왜 굳이 누드로 넣었는지 잘 모르겠다. 그건 화가의 구린 내면일 수도 있다.

투구 썼는데 왜 옷은 대충 입혔는지 모르겠다. 춥게 싸울 것 같다. 아니면 다 싸우고 씻기 전인 것 같다. 나는 이 그림의 황금색이 마음에 든다. 황금색을 아낌없이 쓴 데서 화가가 부자임을 알 수 있다. 옛날에도 황금색이 제일 비쌌을 것 같다 물감이._

음…

음…

…처음보다
표현을 잘…
한 건가?

아닌 것
같은데…

분명 그때보다는
진지하게 분석하고,

있어 보이게
썼는데
왜 별로지?

왜, 카페에서
지한이가 말할 때
같은 멋있는 느낌이
안 나냐고…

야, 한 시간 끝.

아, 안 돼!!

아니… 대체 뭘 쓴 거야? 아니ㅋㅋㅋㅋ

악ㅋㅋㅋㅋ

아 씨, 이한! 내놔~!

내 리뷰라고~!!

형이 프린트해준 솔의 리뷰

나는 글러 먹었다.

1도… 아니…

하나도 나아지지 않았다.

발전한 줄 알았는데…

근데 그 그림을 그 이상 뭐 어떻게 표현하라는 건데…

다른 사람은 뭐라고 썼지?

갑자기 궁금하네…

[미술의 전당] 전시 리뷰
잊을 수 없는 <WISDOM>의 카리스마 | 작성자 새로리

이미지 출처 : 미술의 전당 홈페이지

미술의 전당 새 상설 전시에서 나를 가장 사로잡은 작품은 역시나 <WISDOM>이다. 그리스 신화에서는 '아테나'로 일컫는 여신 미네르바의 모습을 담은 그림. 여태까지 내가 본 미네르바의 그림들은 주로 저채도의 명암 대비가 짙은 색감으로 표현되곤 했다.

하지만 <WISDOM>은 난색을 주로 사용해 냉철하고 날카롭기보다. 온화하게 파고드는 미네르바의 지혜와 지성을 이채로운 시각으로 담았다.

전쟁의 여신이기도 한 미네르바(아테나)는 무력과 폭력으로만 승리를 쟁취하는 것이 아닌, 전술로써 방어하는 지략가의 면모를 더 갖추고 있었다고 한다. 그런 그의 지성과 지혜는 머리의 투구로 상징된다. 그의 혜안은 머리에서 나오는 것이기에, 빛나는 황금 투구는 이를 시각적으로 표현한 완벽한 오브제이기도 하다.

또한, 직물의 신이기도 한 그녀를 다른 여신들처럼 나체로 표현하는 경우는 보통 드문데 이 작품은 이례적으로 얇은 소재의 옷을 입은 미네르바의 실루엣을 옅게 그렸다. 이는 단순한 파격이 아닌, 내면에서부터 드러나는 미네르바의 강한 지적 카리스마를 표현했다고 볼 수 있다.

얼핏 단순한 미인화처럼 보이기도 하는 이 작품은 이상하게도 바라볼 수록 압도적이다. 옆모습으로도 나를 내려다보는 듯한 무게감도 느껴진다. 약해 보이지만 오히려 내면부터 단단한, 외유내강을 다양한 디테일로 풀어낸 작품인 것이다.

이 리뷰를 읽고
그림을 다시 보니까,

정말 그렇게
느껴지네…?

"레~솔은 부자한테만 잘 보이면 끝이야.
대충 물감 찍찍 갈기고 아가리 ㅈㄴ 털면 돼.
그럼 오~ 이러면서 개호구들이 몇 억에 사가죠?"

호구가
아니라…

'말'로 그 그림의
가치를 알게 되면,

아낌없이 돈을
낼 수 있는
거였구나.

형한테 노트북을 뺏겼지만
그냥 공책에 쓰는 게
더 나은 듯.

학교에 갖고
다닐 수도
있고…

155

내가 잘 아는 것에 대해 쓰기 시작하면

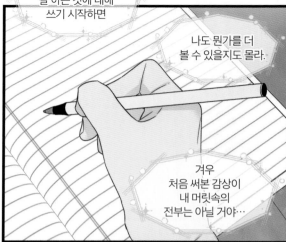

나도 뭔가를 더 볼 수 있을지도 몰라.

겨우 처음 써본 감상이 내 머릿속의 전부는 아닐 거야…

왜냐면…

내 안에는 많은 것이 들어 있을 거라고,

이도가 말해줬으니까.

째깍

째깍

안 자니?

이따가 잘게.

지금 좀 집중하고 있어서~

156

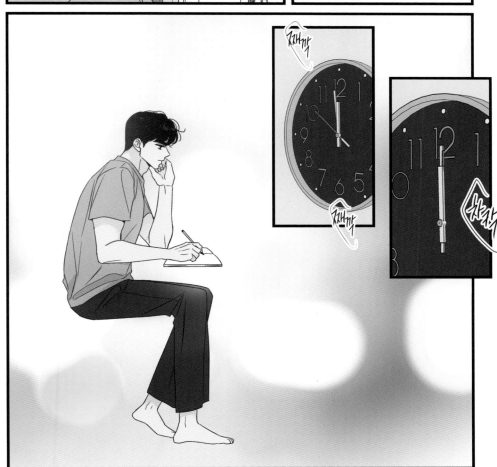

송이도에게
고백하기 D-4

일요일.

할아버지.
저 왔어요—

지한이
왔니?

뭐하세요?

타
다
다~

인스타…

인스타요?
인스타 하세요?

내가 경로당에서
인스타 제일 잘해.
이거 제법 재밌네.

자동으로
이웃 추천도
막 되고.

처음엔 잡담만
올렸는데…

앞으로는
내가 쓴 시를
올려보려고
생각중이다.

우와~

할아버지 엄청
유명해지시는 거
아니에요?

그냥 취미로
하려는 거야.

손에 그건
뭐니?

아, 이거요.
액자.

누가
전해달래서…

액자?

이솔, 걔가
전해달라고
했구나?

네…

아, 그냥.
이도가 없을 때
부탁받아서…

안 친해요.

158

인스타도 걔가
가르쳐줬다.

아…

무슨, 인스타
감성 사진 찍는 법?
그런 걸 알려줬는데.

하핫!!

시를 올리면서
집에 있는 항아리,
그런 사진 올리지
말라더라고.

멋이 없다나?
허허허! 아주
쫑알쫑알…

깔깔

…걔,
어떠셨는데요?

뭐, 시끄럽고
귀찮은데…

구김살이 없고
투명하더라.

넌 어땠니?

그냥, 걔가 학교에서
이도 좋아한다고
공개 고백했고…

이도가
그 일 때문에
곤란했거든요.

그래?

네, 이도한테
막무가내로 고백하던
다른 애들처럼…

할아버지도 잘 아시잖아요, 무작정 이도한테 치근덕대는…

그런 애들이랑 똑같아요.

뀨욱

…그러니?

지한아.

어, 이도야.

사각

사각

…있잖아, 나 어제.

흠칫…!

어… 어제 뭐?

…아니야.

할아버지, 인스타 하시더라?

응, 솔이가 알려줬어.

못 보던 머리핀인데.

걔가 선물한 거냐? 진짜 희한하다.

할아버지가.

이솔… 장점이 많은 애 같아.

뭐… 자세히 보니까 괜찮네.

아하하하. 아하하하… 아하하…

?

아, 말실수야. 그렇게까지…

아니… 하하…
탈룰라잖아.

아하하

탈룰라…?
그런 말도
써?

어. 너는
탈룰라 알아?

알지.

이솔한테
배운 게 몇 개 있어.
내가 몰랐던 것들…

……

할아버지랑
이도한테,

이솔 네가
영향을 주는 게
진짜 짜증나.

네가 뭔데…?

짜증나…

끄윽

송이도에게
고백하기 D-3

나는 내가 잘 아는 부분에 대해 써보기로 했고,

쓱끌

쓱끌

그래서 가족과 친구들에 대해 적어보았다.

<형 (이한)>
똑똑하다 : 최근에 알았음.
사나이답게 생김 (외모 칭찬? 할? 말?)
고3이라 의자와 한 몸이 되어 공부만 함.
가끔 내 옷을 입지만 봐주고 있음.
왕초 잘 돌봄. 조언은 ~~꽤~~ 꽤 도움이 된다.

<왕초>
7살. 예민하지만 귀엽다. 목소리 우렁참.
나 몰래 사람 말 할 것 같음ㅋㅋ
왕초가 나를 빤히 ~~어릴 때가 있는데~~...
쳐다볼 때가 있는데 그럴 때 눈싸움 하면 기분좋다.
자기 집에서 안 자고 옆에 꼭 붙어 잘 때 사랑스럽다.
내 배에 왕초의 온도가 느껴져 좋다.
어릴 땐 잔병치레~~.. 치레? 치료?~~ 치레가 있었다. 지금은
건강. 기분이 좋으면 꼬리 붕붕 흔들며 마구 뛰어다닌다.
장난감 갖고 잘 놀고 혼자도 잘 논다. 분리불안 없음.
우리 집 마스코트?

<엄마, 아빠>

아버지는 나이 또래에 비해 키가 큰 편. 내 키는 아버지한테 받은 듯.

엄마는 피부가 좋고 얼굴형이 예쁨.

엄마 아빠의 장점을 받아서 감사하다. 형은 좀 억울할 듯...ㅋ

아버지는 건설 현장 작업반장이다.

어릴 때, 엄마랑 아빠 일하는 현장에 도시락 갖다주러 들른 적이 있는데...

그때 위에서 뭐가 떨어졌다.

다행히 내 옆 1미터 정도 거리에 떨어졌고 나는 모래를 엄청 뒤집어썼다.

그때 기억나는 건 먼지 사이로 무뚝뚝한 아빠가 한걸음에 달려와서 나를 감싸 안은 거.

꽤 오랫동안 아빠는 날 안고 있었다. 아빠 심장 소리가 내 가슴과 맞닿아서 두근두근했었다.

안 다쳤으면 됐다.

진짜 큰일날 뻔했네에~

아이고~

엄마 아빠는 말로 위로하거나 내 말을 오래 들어주는 일은 잘 못한다.

항상 다른 길로 새거나 대충 듣는다.

아니면 각자의 이야기만 열심히 한다.

그런 게 좀
답답할 때는
있지만...

나쁜 일이 생겼을 때는
그냥 말없이 안아주면서
괜찮다고 한다.

괜찮다.

안 다쳤으면
됐다.

중학생
이솔

살다보면
그럴 수도
있다.

우리 부모님이
할 수 있는
최대의 위로다.

여기에 '포옹'까지가
엄마 아빠의
언어였던 거겠지.

할아버지와 이도에겐
익숙하지 않은,
우리 가족만의 언어.

생각해보니까
우리 가족은 되게
화목한 편인 듯?

나는 학교 다니면서
다른 집은 이렇게
가족끼리 티를 열심히
맞추지 않는다는 걸
알았다.

(생각해보니... 맨날 돈, 돈 하는
우리집이... 이런 데에는
돈을 그렇게 아끼지 않는다)

WANGCHO

I ♥ MY
FAMILY

가족사진을 꽤 많이
찍는 편인 것도...

아이, 진짜~!
자 빨리.

야, 치킨 왔으니까
기념사진 찍자.

그래.
왕초 거 하나 빼서
물에 씻어놔.

헥

헥

아이고,
당신 진짜.

치킨은
염지돼 있어서
강아지 주면
안 된다니까~

왕!

I ♥ MY
FAMILY

165

말을 시작하면 곧 돈 관련된
대화로 이어지긴 하지만
공부하라고 압박 준 적도 없다.

글을 쓰기 전엔 우리 가족에 대해
안 좋은 생각만 많이 했는데...
구지...

구지...

굳이
~~그거~~ 그런 것도
아니었다 싶다.

사각

이솔은 가족과
친구들에 대해 쓰면서
느낀 게 있었다.

처음엔
겉모습 같은 외적인
부분만 떠올렸지만…

점점 더 당겨서
보게 되며

그 사람과 자신의
추억이나 서사에 대해
생각하게
되는 것이었다.

다른 사람의 글을 보며
미술 작품을 보는 시선에
변화가 생겼던 것처럼.

우리 가족은
이런 면이 있지.
내 친구들은
이런 애였지.

'박수빈'
'우양호'

'조안나'
'진지한'…

아 씨~
저 새끼들 진짜.

괜찮아
진지한?

ㅋㅋㅋ

......

야, 우린
매점 간다ㅡ

ㅋㅋ

나랑 세게
부딪혔는데…

팔랑

놔!!

매사에 무례하고,
경우 없고
지들만 생각하는
양아치 같은 놈들.

너넨 그냥
양아치야.

이솔,
붕싸 맞지?

아이스크림 먹는데
빵까지 있으면
뭔가 이득이잖아…

그래서 더
비싸잖아~

맞아.
가성비는
별로임ㅋㅋ

아, 오늘은
빵또● …
기분인데…

ㅋㅋㅋ

ㅋㅋㅋㅋ
이 새끼는 무조건
샌드형 아이스크림만
찾어ㅋㅋㅋㅋ

노트 어따
팔아먹었지…?
교실에 두고 왔나.

진지한은 왜 이렇게
날 싫어하지?
생각해보면 딱히 좋아할
이유도 없지만…

냠…

그래도 난
좋게 지내고 싶어서,
잘못한 것도
사과했는데… 씨…

허난허균인지, 뭔지~
이도랑 그런 베프라니까
같이 잘 지내면 좋겠는데.
그냥 대놓고 말하고
딱, 풀까??
그래야겠다.

이도네 반에 좀
갔다 올게.

아주
출근 도장을
찍어라

170

안나야,
이거 들어봐.

평소에 네가 듣는
스타일이랑 다르네?

응. 솔이가
이거 들으면
집중도 잘되고
힘이 된대.

…아직 사귀지도 않는데, 벌써 너무 가까운 거 아냐?

응?

이미 너무 가까워져서 네가 객관성을 잃을까봐 걱정돼.

말을 잘하는 것과 상관없이, 그냥 걔랑 사귈 것 같다는 생각이 들어.

아니… 그렇지는 않을 거야. 왜냐면, 약속은 약속이니까—

……

나가기 싫은데…

알았어.

아 참.

솔이가 할말 있다고, 점심시간에 체육관 뒤쪽으로 나와달라던데.

나? 나만?

응.

그래서 이번에
인생네컷 커플로
찍었잖아~

꺄르륵

대박~

꺄아 꺄아

꺄르륵

남친 얘기 참
많이들 한다,
그치?

너두 이솔이랑
사귀면 저렇게
하이텐션 되나?

아직…
모르는 거지.

사귀면
뭐하고 싶은데?

그냥 뭐…

같이
밥 먹고, 산책하고
스터디 카페 가고,
얘기도 하고~
그러겠지?

그래~?
우리가 노는 거랑
다를 바가 없구나~

이솔은
심심할 수도
있겠당.

ㅎㅎ

…그런가.
남자친구를 사귀면
뭘 하고 놀지 생각해
본 적은 없네.

나랑 비슷하게
지낼 거라고 막연히
생각했으니…

심심하다~!

이솔이랑 지한이랑
무슨 얘기 하는지 들으러
가자, 궁금해!!

드득

엿듣자고?

응!
옛! 듣자~

쌔앵

자 잠깐만…

용건이 뭔데?

용건이… 왠지 이름 같네ㅋㅋ

아니… 저기… 나한테 까칠하게 구는 이유를 알고 싶어서…

…내가 왜 그걸 말해야 하는데?

너도 나 무작정 싫댔잖아.

나도 너 처음부터 재수없었거든? 그냥 싫으면 안 돼?

살금

으으응

미술관에서 그런 거 말야?

그건 사과했잖아.

나는 받아준 적 없어.

야, 너무 그러지 말고~ 일단 다 같이 몇 번 놀다보면, 너도…

우리랑 같이 다니려고 하지 마.

진짜 듣게? 좀 그런데…

쟤네 둘이 오해하고 있을 수도 있으니까~

들어보고 우리가 풀어줄 수도 있잖아?

174

좀 꺼지라고!!

알짱대지 말고 니가 놀던 그 양아치들이랑 놀라고!

왜?

이게… 나도 열받네…!

수준 차이 나? 급이라도 있냐고…!

나랑 이도랑 안나, 너 없이도 우리 셋이 잘 지냈어!!

근데 네가 억지로 우리한테 들러붙고, 섞이려고 애쓰는 게 정신없고 짜증이 나. ㅈ같다고!

ㅈ같다고?

야 너만 ㅈ같아? 내가 더 ㅈ같아!

잘 지내보려는 사람한테 진짜 빡치게 하네.

너 뭐 돼?

이도도 아니고 왜 니가 나한테 갑질임??

…라는 말이 이솔의 목구멍까지 올라왔지만,

헐…

욕도 할 줄 아냐, 너?

이 말 하면
시원하긴 하겠지만
백퍼 후회한다…

그냥 싸우자는
얘기밖에
안 되니까.

일단 참았다.

나는 애랑 싸우기 싫어.
잘 지내고 싶어.

근데 기분은 안 좋다…

아…
좀 섭섭하네.

근데 난
니가 좋은데?

되짚어보니
ㅈ같은 정도는
아니었기 때문에…

이솔은 자기감정을
나쁘게 과장하지
않기로 했다.

뭐? 무슨 헛소리야!

좋아졌어.

아니, 왜 좋아져. 욕먹으면 쾌락 느끼는 변태야? 양아치야?

ㅎㅎㅎ

웃지 마! 어이없네?

난 안 어이없어 ㅎㅎ

그리고 나 양아치 아니야. 내 친구들도 양아치 아니고.

평범한 애들인데 왜 자꾸 양아치라고 하냐?

?!

아… 아니 그게… 연애 감정으로 안은 게 아니라…

깜짝

쉿, 쉿!!

……

네가 이도랑 버스 정류장에서 안고 있는 거 봤어.

움찔

어?

정확히 말하자면 네가 이도를 끌어안은 거.

177

심지어 매일 찾아와서
얘기하고 장난도 치고,
이도 집까지
들락날락하고.

애들이 다 너희 둘이
벌써 사귀는 줄 알아.

어…

이도랑 얘기할 때
네가 평소 화법이랑 달리,
느리게 조심조심
말하는 거 진짜 티나.

아~ 그래?
티나?

솔직히 웃기거든?
우습다고

너 같은 애들은 기본적인 규칙을 무시해.
룰을 깨버리는 애들이야.
약속을 무시하고 자기가 하고
싶은 대로 하면 그게 새로운
개척 방법인 줄 알지.

그게 무슨 말이냐?
나는 약속한 대로…

최선을 다하고
있는데…!!

178

사람 관계에선
서로 노력해야 하는
부분들이 있어!

근데
호감형 외모를
가진 사람은

거기에 안이하고
대책 없이 해맑은 성격이
합쳐지면,

굳이 약속을 안 지키고
그냥 감정적으로
대충대충 넘어가려는
태도를 보이는데.

그냥 씩 웃고,
툭 스킨십만 해도
사람들과 곧잘 친해지지.

넌 그게 정말
익숙해 보이거든?
그딴 식으로 넌 인생을
평생 쉽게 살 거잖아.

그런 생각으로
이도한테도
스킨십한 거지?

오해야! 아 씨.
어떻게 말해야 할지
모르겠는데…

니가 아는 게
다가 아니고…

그런 목적도
아니었고…

노력하는 척,
열심히 하는 척하지만
결국 편법 쓰려는 거잖아.

아니…

아니 지금
진짜…

그렇게 사귄다고 쳐.

이도랑 지금처럼 느리게, 조심조심 대화할 거냐?

넌 이도랑 사귀면 여기저기 돌아다니고 싶지?

평소에도 남들한테 보여주는 SNS에 목숨 걸잖아.

이도는 주로 집안이나 실내에 있는 걸 좋아해.

그걸 맞춰줄 수 있어?

......

아니면 네가 이도를 여기저기 잡아끌고 다닐 거야? 관계란 게 어느 한쪽이 맞춘다고 맞춰지는 거라고 생각해?

애초에 안 맞는 조합이라고. 그러니까 그렇게 애쓸 필요 없다고!

......

홱

......

내 제안을 시도하는 사람이 처음이기도 했지만…

여태 나는 내 영역 안에서만 솔이와 얘기했구나.

어쨌든
이솔은 나에게 일일이
다 맞추고 있어.

고백 전부터 친해져서
객관성을 잃을 거라는
지한이 말도 맞아.

연애를
시작해도
그렇겠지…?

그건 옳은
방향인가?

이솔이 점점
좋아지고 있어.

그럼 이솔의 고백과
상관없이… 나는
사귀려고 하려나.

결국 내 말에
반박도 못 하면서.
애들은 어디 갔지.

어…?

이솔 노트가 왜 여기?
설마 오늘 부딪힐 때…?
아, 씨…

아까 알았으면,
간 김에 주고
오는 건데…

팔락

더불어 행복해지는
2-1

아닠ㅋㅋ 그래서 갑자기
서버에서 튕겨가지고
개어이없는 와중엨ㅋㅋ
쪽지가 오는 거??

ㅋ

ㅋㅋ

미췬ㅋㅋ 암튼
ㅈㄴ 개털려봐야
정신 차리지…

…어?

어?

쟤 송이도
친구 아님?
같이 다니는.

맞는 것
같은데~

나 양아치 아니야.
내 친구들도
양아치 아니고.

평범한 애들인데
왜 자꾸
양아치라고 하냐?

……

이솔의 노트엔 가족과 친구에 대한 메모가
어설프게, 빼곡히 적혀 있었다.

박수빈.

?

어깨 넓어서 ~~예쁜 핏이~~
옷태가 좋음.

직 각

캬~

와 옷태라는 말
처음 알았네ㅋ
ㅎ 옷태 ㅋ

그리고 츤데레임...?
쌀쌀맞은데 잘
챙겨준다.

야 이솔,
니꺼 챙겼으니까
빨랑 쳐뛰어와.

ㅋㅋㅋ

지ㄴ 더위
쳐부리네~!!

팔 아파,
개새야~!

양호는 맨날
뭐 재밌는 거 있으면
엄청 영업하는데

야 진짜!!!
그거 개쩌니까
꼭 봐라 ㄹㅇ!!!

아 ㅅㅂ진짜
쩔었어ㅋㅋ
완전 지렸어!

완전 개
오져가지고~

(이렇게밖에
설명 못함)

?

아 미친ㅋ
그만 얘기해.
볼게ㅋㅋ

ㅋㅋㅋㅋ
ㅋㅋㅋ

야 ㅅㅂ!
보긴 뭘 봐~
ㅋㅋㅋㅋㅋ

이 새끼 또
입만 털어ㅋㅋ

나는 솔직히
귀찮아서
본 적 없는데...

......

수빈이는
며칠 뒤라도
꼭 보고 온다.

생각 못 했는데
장점이었네.

수빈이 아버지
~~생~~ 생신 선물 고를 때
따라갔었다.

헐...
넥타이 미친
개비싸.

아까 본
신발보단 싸.

너희 아버지가
뭐 받고 싶대?

몰라.

안 물어봤냐?
서프라이즈?

아 몰라,
맨날 화만 내서
물어보기 싫어!

부모님이랑은
별로 사이좋지
않은 느낌인데...

뭐 하나 해주면,
오지게 하고 다녀서.
쪽팔리는 걸로
주면 좀 그래.

대학생들이
만만하게 보면
좀 그렇잖아.

대화하긴 싫어하는데
기념일은 챙기는 아들.

아버지와의 관계는
눈에 보이는 게
전부는 아니겠지.

그리고 수빈이는
무조건
친구 편이다.

이도를 맘에
안 들어하지만...

수빈이는 아마 내가 이도 때문에
~~방생미로 편하는 병신같이 구는~~
~~무차별으로 돌아다녀~~
절절매는 모습이 싫었을 거다.

184

양호는 머리가 ~~괜찮~~...지모? 머릿결이 좋다.

패션에 관심 많고 옷을 항상 귀엽게 입고 다님.

최저가 잘 찾아서 구매하는 가성비 왕...

~~퉁퉁~~ ~~개터진~~... 웃음이 수준 ~~수위~~ ~~아이들이 낮아~~ 잘 웃는다.

~~텐션이 높은~~ ~~항상 하이텐션~~ 높은 텐션 성격이 밝다.

양호는 우울한 일이 있어도 티를 안 낸다.

당신 때문에 내가 정신병 걸리겠어!!

쫌~~! 제발~! 정신 좀 차려~!

당신이나 정신 차려!

아유~~ 꼴 보기 싫어 진짜!!

어…

아 쒸ㅋㅋ 오늘 놀려고 집도 치워놨는데 또 치워야 되네ㅋㅋ

안 웃겨…

개웃겨!

원래 이 시간엔 안 계시는데, 오늘 무슨 날인가? ㅎㅎㅎㅎ

내가 타이밍을 잘못 맞췄네 ㅋㅋㅋㅋ

나가자! 나가서 놀자 ㅋㅋ

어… 그래.

PC방 가자!

쏜다!

콜.

ㅋㅋㅋ

그리고 양호든

하얀 푸들만 보면 운다.

계속 이러면 니네 재롱이 성불 못 해, 인마~!

몰라.

죽으면 강아지별 같은 데 간대.

그 말 ㅈㄴ 많이 들었어, 씨…

나는 개 아니니까 강아지별 못 가잖아…

면회하게 해달라고 하면 되지!

재롱이 닮은 애 보면 자동으로 눈물나… 씨.

야, 너네.

우양호, 박수빈 맞지? 이솔 친구들.

어…

이거 이솔 건데 내가 실수로 가져갔어. 너희가 전해줘.

어?

어.

노트를 안 봤다면 직접 돌려주러 오지 않았을 것이다.

온다 한들
저 둘만 있는 걸 보고
그냥 돌아갔겠지.

쑥끌 쑥끌

아 씨…
양아치들.

하물며 굳이
이름까지 불러가며
돌려주는 행동은…

……

그래서,
다음 단락을 보면

자기 친구도
아닌데
내 얘기는 노트에
왜 적었을까.

그것도
칭찬만.

난 니가
좋은데?

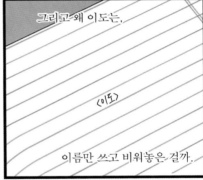

그리고 왜 이도는,

〈이도〉

이름만 쓰고 비워놓은 걸까.

나는 내가
말을 잘한다고
생각했다.

혼잣말을 열심히
중얼거리는 사람에게
너 참 말을 잘한다고
하지는 않는다.

'말을 잘한다'는
기준은 뭘까?

말이 잘 들리게
물리적으로 음성을
또렷하게 전달하고,

적절한 단어를
선택하는 것만은
아닐 것이다.

다른 사람이
전하고자 하는 마음까지
들어줄 준비를 하고

주고받는 모든 걸
뜻하는 거겠지.

그러니 파편 하나만으로 다른 사람을 규정짓지 말아야 해.

그게 가장 기본인데… 잊고 있었어.

할아버지한테 말했던 이솔 얘기는…

정정해야겠다.

진심이 담긴 글은 생각을 바꾸고 마음을 움직인다.

고등학생
바른 언어 개선
동영상 공모전

흠… 동영상 공모전이라.

이사장
온 정

안녕~

꾸벅

안녕하세요~

자신의 마음뿐 아니라 주변 사람의 마음까지.

페북 영상의
말 못하던 애도
우리 학교였지.

안녕하세요,
이사장님.

꾸벅

어?

마침 학생 생각하고
있었는데.

온정고
페북 스타 아냐?
아하하하.

아…

저, 그 영상은
제가 찍어도
된다고는 했는데.

스타라고 불리기엔
부끄러운
일이라서요!

잊어주시면
감사하겠습니다!

꾸벅

그럼,
안녕히 가세요!

……

호다
닥

시원시원하게
말하잖아?

어리둥절~

더불어 행복해지는 학교

2-1

어?!

아 씨, 노트 왜 보고 있어~

그냥 써본 거라고!

ㅈㄴ 오그라든다.

ㅋㅋㅋ

ㅋㅋㅋ

이거 어딨었냐? 완전 까먹었네.

송이도 친구가 갖다주던데? 안경.

어? 진지한? 걔도 노트 봤어?

몰라ㅋㅋㅋ

근데 송이도는 왜 비워져 있냐? 그게 젤 궁금했는데.

막혀서.

굵적

근데 이제 왜 막히는지 알았음!

'고백'보다 중요한 걸 놓치고 있었어.

뭔 쌉소리야~ 고백하려고 이 짓 하는 거면서 ㅋㅋㅋㅋ

ㅋㅋㅋㅋ

그게 그거라고 생각할지 모르지만…

내 목표는 좀 더 큰 거야!

2-1

이도야 오늘 같이 갈래?ㅋㅋ

♥이도♥

아니.

음… 평소엔 '다음에 같이 가' 라든가,

?

다른 말을 더 해줬었는데 왠지 단답이네…

뭐, 기분 탓이겠지~

자, 자. 얘들아, 주목.

<고등학생 바른 언어 개선 동영상 공모전> 학교 차원에서 내는 공모전인데, 지원해볼 사람?

고등학생 바른 언어 개선

공모전, 어차피 다 가식으로 만들 거 아니에요?

맞아. 완전 주작 파티!

자작나무 스멜~

ㅋㅋㅋㅋㅋ

만들어도 누가 봐 그거 ㅋㅋㅋ

교육청에서?

돈 줘요?

아니, 상금은 따로 없는데. 학교 홍보가 되겠지?

포털에 동영상 배너 광고도 올라가고~

상 받으면 생기부에도 기록될 거야.

얘들아.
농담도 좋지만,
진지하게
생각해봐.

'바른 언어'라는
취지가 좋잖아?

수업 시간에
단어 뜻 몰라서
진도 못 나갈 때가
얼마나 많아?

교과서가 넘
고전 틀딱이에요,
쌤~

그런 말 말고—
이런 거 해보면
문해력도 길러져.

시험 칠 때 아니면
문해력은 필요 없다고
생각할지도
모르지만…

문장의 뜻을
제대로 이해하고 알아야
진짜 '자기 생각'을
할 수 있어.

ㅋㅋㅋ

지금도
생각하는데요?

판단할 수
있겠어?

K ㅏ ㅇ ㅎ ㄷ안죠ㅋㅋㅋ

ㅋㅋㅋㅋㅋㅋ

d최강b   오히려 좋아!

BBO14   오히려 좋으

GG친다   ㅋㅋㅋㅋㅋㅋㅋㅋ

……

그러니?

너희 머릿속
많은 생각들이
정말 너희의
생각인지,

남의 말이나
글을 보고
씌워진 생각인지.

바른 말, 고운 말만
쓰라고 강요하는 게
아니라.

그리고, 선생님
눈치 보라는 뜻이 아니라
너희를 위해
조언하는 거야.

ㅋㅋㅋ

집에 가고
싶어요~!

빌 게이츠가
조종해줄 거예요.

문해력이 있어야
인터넷에 넘쳐나는
진짜 정보와 가짜 정보도
스스로 구별하고,
판단할 수 있어.

뉘~~
알겠어요~!

공부할게요~!

알. 겠. 습. 니. 다.
선. 생. 님~!

…어른들도 말
못하잖아요.

OECD가
성인들 문해력을
조사했는데,

우리나라는
20개 나라 중
19위로 최하위래요.

톡

톡톡

오~

근데 이게
2016년도
기사거든요?

**대한민국 성인 평균,
문해력 '심각'**
OECD 20개국 중 19위
‥‥‥‥‥‥‥‥‥
‥‥‥‥‥‥‥‥‥
‥‥‥‥‥‥‥
‥‥‥‥‥‥‥‥‥

지금은 더
작살났을걸요?

어른들도
말 못하는데,
10대만 패는 게
웃기잖아요.

공모전 필요한 건
어른 아닌가?

* 까임방지권 : 욕먹는 걸 회피할 권한을 뜻하는 은어.

유튜브 찾아보면 되죠! 계약 잘하는 법 ㅋㅋ

계약서는 천편일률적으로 똑같지 않단다, 얘들아.

쌤 또 한자 쓴다 ㅋㅋㅋ

너희가 짚어준 것처럼, 어른들도 계속 배워야지.

언어는 평생 복습하고, 다듬고, 배워야 하는 거니까.

너희가 지금은 영어를 열심히 배우지만

영어도 쓰지 않으면 다 잊게 되는데,

웅성

모국어라고 안 그렇겠니.

집에 갈래요~

ㅋㅋㅋㅋ

웅성

한국 사람이 한국어를 왜 잊어요~ㅋㅋ

나중에 선생님 말, 다 떠오른다~

까먹었는데요. ㅋㅋㅋ

모르는 단어, 문장, 어휘가 있으면 선생님들한테 언제든 질문해.

사전적 의미 검색해보는 것도 좋고. 유튜브부터 찾지 말고—

요즘 애들은 참
질문을 안 하더라—

유튜브 보면
다 나오는데…

우리 쌤 진짜
진지충인 듯…ㅋ

중얼

자, 그럼—
어쨌든 우리 반에
지원자 없는 거지?

왜?
해보게?

흐흐흐

아냐…

왜~? ㅈㄴ
관심 있는 표정~

세종대왕님
고백 준비하는 김에
저것도 해라!!
ㅋㅋㅋ

대신
손들어줄까?
ㅋㅋㅋㅋ

아! 진짜 아냐.
손들지 마, 죽어~

BEST

온정고 말존못 고백 빌런
실시간 흑역사 레전드ㅋㅋ
나라면 받아준다 VS 만다?

내 고백 영상…
페북에서 너무
유명해져서,

인스타고 어디고
다 퍼졌는데…

그런 내가
바른 말 동영상
캠페인…?

진짜
가식처럼
보일 듯…

관심이 생긴 건 맞는데…

아쉽다.

……

너희들도 안 해? 둘 다? 오~~

아까 선생님이 엄청 아쉬워하던데에~

부끄러워.

시간 뺏기는 거 싫어.

이솔은? 걔는 한다고 했으려나? 요즘 노력하잖아!!

궁금해~

뭐… 모르지.

있잖아, 얘들아.

솔이 나랑 사귀는 게 걔한테는 좋은 일이 아닐 수도 있을 것 같아.

걔는 활동적인 애니까.

엥?

어?

안나 네 말대로, 나랑 사귀면 심심할 것 같아서…

나랑 이솔이 말다툼했던 거 알았나…?

지금은 그때랑 생각이 다른데…

생각해보니까 지한이 네 말이 맞더라…

사실 난 솔이가 노력하고 있다는 것만으로도

이미 마음의 장벽이 허물어져버렸어.

지한이 말대로, 빨리 가까워진 것도 맘에 걸리고.

그래서 약속한 날짜까진 거리를 좀 두려고 해.

'말만이 그 사람의 모든 걸 비추는 거울이라 생각했거든.

Jang Byuk…?

지금은 자신을 표현하기 위한 여러 도구 중 하나라고 생각해.

몸짓 언어나 뉘앙스, 억양…

모두 지나치게 산만해서 받아들이질 못했었는데.

솔이와 얘기하면서 이해되기 시작하더라.

그러니까 나도 솔이의 노력이 헛되지 않도록 약속을 지켜야지.

고백을 들으면 가장 알맞은 답을 해줄 거야.

송이도에게
고백하기 D-2

송이도!

너, 2반
송이도 맞지?

네, 선생님.

이 프린트물들
복사 좀 해와라.

장당
3장씩 10부.

복사해서
딱, 딱 찍고.

3장
x
10부

교무실
내 자리로.
알겠지?

네.

어, 이도야.
아까 보건쌤이
너 찾던데.

그래?

나 지금
수학선생님
심부름 해야
하는데…

내가 할게.
이리 줘.

어떻게
하면 돼?

고마워~

202

제2교무실

선생님,
안녕하세요.

이도에게
맡기셨던 일,
제가 해왔어요.

어 그래,
수고… 어?

아니…

야야, 이거
잘못됐잖아!
10장씩 3부
해오라니까.

소통에 오류가
있었나보네요.
다시 해올게요.

오류?

이도 걘 왜
멍청하게 말을
잘못 전달했냐, 어?

네?
이도가 분명
3장씩 10부라고
했는데요.

그럴 리가
있나?

아니,
이도를 시켰는데
왜 네가 갖고 와.

203

아이구, 이거 시간도 별로 없는데… 쯧!

……

이도가 잘못 말했을 리 없어요.

선생님이 말씀을 잘못 전달하신 것 같아요.

이도는 실수 안 하거든요.

……

송이도가 잘못 전했거나, 네가 잘못 알아먹었거나! 둘 중 하나겠지.

뭐 이렇게 박박 우겨?

그냥 죄송하다고 하고 다시 해오면 되지!

다시 해오겠다고 말씀드렸어요.

선생님의 실수잖아요. 인정하기 창피하시겠지만 어른들도 자주 착각을 해요.

풉…
최선생님,
한 방 먹었네요.

우리가 아니라,
이 친구가
선생님 해야겠다~

아니…

너 인마,
어디서 이렇게
말대꾸…

전달받은 대로
해왔는데
불만을 말씀하시니까
저도 당황스럽죠.

불만??

와끈

두리번

무슨 일이야?

아, 아니…
지한이가 나 대신
수학선생님
심부름 갔는데,

수업 시작할 때
다 됐는데도
안 오길래.

이도야!

나 우리 담임쌤한테
물어볼 것도 있으니까,
교무실 갔다 올게!

그래? 너도
곧 수업이잖아.

개빨리…
아니, 빨리 갔다
오면 되지ㅎㅎㅎ

아 참,
선생님이
심부름 맡기면서
이것도 주셨거든.

3장
×1부

혹시
모르니까.

ㅇㅋㅇㅋ!!
갔다 올게.

걱정 마, 너무~

툭
툭

타
다
닥

…거리 둬야
하는데.

드륵一

안냐세여
쌤~

헤헤.

꾸벅 꾸벅

야, 뭐냐.
빨리 교실로
들어가라~

곧
종 친다—

네에~

공부 잘하는
녀석들은
이게 문제야.

공부만 잘하면
뭐해, 인성이
되어야지!

성적과 인성은
상관이 없는데요,
선생님.

그리고 전
잘못한 게
없어요.

사과해주세요.

뭐…
뭐야?

이도한테 멍청하다고
말씀하신 거,
선생님 실수 인정
안 하고 계신 거.

둘 다
사과하셔야…

무슨
일인데?

아, 저 지한이
친군데요!

수업 시간 다 돼서…
데리러 왔거든요!

뭐…?

속쌤~~!

안녕하세요~

파앗

웁

너 그…
페북 스타?

아…
아하하핫…

머쓱

넵,
맞습니다!

207

엥? 둘이 같은 반이었나…?

이도가 이거, 심부름을~ 지한이한테 대신 시켰다는데~!!!

쌤이 주셨다는 쪽지요!!

3장 × 10부

어…

어어? 거참 이상하네.

그것 보세요. 10장씩 3부가 아니라 3장씩 10부라고 전달하셨잖아요.

바쁘셔서 잠깐 착각하셨나보다.

저희도 확인차 한번 더 여쭤 봤어야 하는데~!!

빵

굿

그치, 지한아.

저한테 사과…

우와~ 우리 쌤! 진짜 요즘 엄청 바쁘시죠~

수학 경시 대회도 있고… 너무 일이 많으시니까!

죄송합니다, 쌤~!! 제가 얼른 다시 해올까요?

……

됐다.

어서 수업 들어가라.

딩동

댕동

허어 참… 이게… 이상하네. 쩝.

얼른 가자~

붙지마.

아, 진짜 조용하다.

다른 애들 다 수업 듣고 있겠지?ㅋㅋ

매점 갈래?

이도가 보냈어?

어?

아니 보낸 건 아니고…

복도에서 걱정하고 있길래. 내가 그냥 갔다 와본다고 했지.

뭐 어차피 수업도 듣기 싫었고~

바쁘긴 뭐가 바빠.

어?

그 선생님이 바쁘긴 뭐가 바쁘냐고.

대충 비위 맞춰주니까 저런 사람들이 안 바뀌는 거야.

왜 이렇게 의기양양해? 네 덕분에 다 잘 해결됐다, 싶어?

날 위험에서 구해줬다고 혼자 정신승리 하지 마.

너 때문에 내가 잘못한 것처럼 대충 마무리됐잖아.

이도랑 나는 잘못한 것도 없는데 왜 욕을 먹어야 해?

ㅈㄴ 개꼰대 ㅅㄲ한테서 구해줘도 ㅈㄹ염병이냐?

저 ㅅㄲ 원래 말 ㅈㄴ 안 통해서 뭔 말 하든 가불기*라고ㅋㅋ 적당적당히 싸바싸바하는 노선으로 가야지~

늙꼰 VS 젊꼰 대결하냐고, ㅂㅅㅇㅋㅋㅋㅋㅋ

210

* 가불기 : '가드(Guard)가 불가능한 기술'의 줄임말. 게임에서 파생되어, 뭘 해도 막을 방법이 없는 상황을 빗대는 말이다. 아무리 변명하거나 설득하려 해도 통하지 않는 상황에서 쓰인다.

일주일 전의
너라면
그렇게 말했겠지.

그런데…

야, 지한아.
수학쌤은~ 그냥
헷갈린 거야!

우리 엄마 아빠도
실수 자주 하시는데,
사과하는 거
부끄러워하셔!

수학이라고
다르겠냐.

그저 상황만
모면하려는 게
아니라…

긍정?
밝은 분위기로
넘어가는 게
나쁠 건 없잖아~
너도 상처 안 받고.

너…

너같이 똑똑한 애가
왜 이렇게
딱딱하게 구냐~ㅋㅋ

변했네.

211

네가 하는
행동이

말을 잘하려는
노력과 상관없는
편법이고

이도에게도
나쁜 영향만
줄 거라
생각했는데.

...

꾸벅

꾸벅

......

아무튼…

야, 내가 진짜로 수학 편든 거겠냐?

나는 그냥… 그러니까,

너 잔소리 더 듣지 말라고 그런 거지~!! 어른들은 다들 대드는 거 싫어하니까…

나는 어른다운 어른한테만 어른 대접해. 이도 할아버지 같은.

그 사람의 인성이나 수준에 맞게 대하는 게 내 방식이야.

수학선생님은 결국 사과도 안 했어. 어른답지 못했다고. 내 말이 틀려?

어른다울 때만 어른 대접?

그래.

나는 우리한테 학생답게 굴라고 말하는 거 싫더라.

넌 그거 안 싫어?

좋을 리가 있냐? '학생답다'는 게 뭔지, 정확한 기준도 없는데!

어른다운 것도 똑같지, 뭐…

안 똑같거든?
어른스럽다는 말이
왜 있는데?

내가
수학한테 혼난 건
'**어린놈의 자식이
건방지게 행동해서
내 기분 상해죄**'지!

알겠어, 알겠어.
그만 흥분하고…

너도 말로
편 가르는 거
그만해~

내가?
내가 언제
편을 갈랐는데.

양아치.

어른다운 어른.
우리, 너.

몰랐지?

이쪽 편, 저쪽 편
가르는 말
많이 하는 거.

굳이 우리, 너.
이렇게 꾸준히
날 분리하잖아.

화악

나한테 일침이라도
놓고 싶은 거야?

일침은 무슨 일침,
내가 벌도 아니고…

아니…

215

아니~
카페에서 네가 그랬잖아.
내가 밈을 왜 쓰면
안 되냐고 물어보니까,

'보편적
사회인이 되려면
모두랑 통하는 말을
해야 한다'며.

나 그 말 되게…
감명 깊어서
가끔 생각하거든?

네 말은 솔직히
다 맞아! 근데…
'말뿐 아니라…

그런 것도 있어야
네가 말하는
'보편적인 사회인'이
되는 거 아닐까?

'유도리'…
그러니까 …분위기,
적당히 장단
맞춰주기.

……

암튼, 내가
편들려는 건
아니고~

이번에는 수학이
잘못한 게 맞아!
우리끼리 확실히
알면 됐잖아!!

네가 수학
봐주자!

이솔은
지금 알까?

우물쭈물대지
않고 자기 생각을
열심히 말하고
있다는 걸…

딩동~
댕동~

커어~

지한아…!

계속 붙잡혀 있었어?

수업 시간에 선생님께는 양호실 갔다고 둘러댔는데…

그냥… 안 들어갔어.

뭐…?

생각 좀 정리하고 싶어서.

무슨 생각?

수학선생님이랑 무슨 일 있었어?

그냥…

그냥…

아~ 선생님이 잘못 전달해놓곤 나한테 뭐라고 하잖아.

이솔이 쪽지 안 가져왔으면 억울할 뻔했네.

아…

나 때문에…

응?

아니야, 너 때문.

……

시무룩…

그리고 나 괜찮아.

어쨌든 나 때문에 혼났는데…

꼼지락

무슨 말로 위로하지.

어떤 말로…

위로를…

……

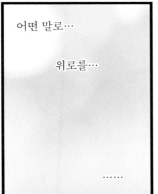

솔이라면 이럴 때 그냥 말없이 옆에 앉아 있을까?

노래 들을래?

뭐?

이솔이 추천한 노래?

됐어, 그런 장르 별로 안 좋아해.

무슨 장르인지 말 안 했는데?

암튼 됐어~

네가 좋아하는 EDM이야.

풉

풋

내가 언제 EDM…

하하, 농담이야. 들어봐, 노래 되게 좋아.

힘을 북돋아주는
예쁜 가사를
가진 노래였다.

…어때?
기분좋아졌어?
이 노래 들으면 기분이
되게 좋아지더라고…

끄흡… 흡.

이도야…
노래… 진짜
너무 못해, 너…

푸하하핫.

푸하하.

그래서
안나가 코인노래방
가자고 할 때마다
일부러 안 갔는데…

나중에 들키면
어떡하지?

아하하하…

하하하…

이상하다.
아무것도
해결되지 않았는데
다 해결된 것만 같고,

무슨 일이
있었던 것 같은데
아무 일도 없다.

내가 아는 이솔이,
내가 아는 송이도가,

변하고 있기
때문이겠지.

야, 진지한.
너도 이도
좋아하잖아.

나,
너한테 지기
싫거든~

긍정 마인드랑
인싸력으로 따지면,
내가 이긴 거지?

그치?

…나 이도랑
사촌이야.

어… 엉?

남매처럼 자란
동갑 사촌이라고…

이도는 나한테
진짜 소중한 친구고
가족이거든?

그리고 걔한테 여태까지
진짜 이상한 새끼들
많이 붙었어.

난 이도가,
생각 없는 날라리,
양아치랑 사귀는
꼴 절대로 못 봐.

223

아니… 그럼 왜 이도를 짝사랑하는 것처럼 굴었어?

버스에서도 ㅈㄴ 오해하게 얘기하고??

굳이 말할 필요도 없고…

그것 때문에 네가 날 대하는 태도가 바뀌면 짜증나잖아.

지금은 왜 말해?

…지금은 말해도 될 것 같아서.

그럼 넌 이도 연애 감정으로 좋아하는 거 아니지? 응?

ㅎㅎ ㅎㅎ

아! 귀찮게 하지 마. 나 좋아하는 사람 있어!

헐?!

누군데?

안 알려줘.

누군데?

ㅎㅎㅎ

아, 안 알려 준다고―!!

다들 어디 갔지…?

……

꿈속의 나, 말 엄청 잘하고 좀 멋있었어.

송이도에게 고백하기 D-1

대부분의 히어로 영화나… 프로 운동선수의 영상을 보면

노력하는 과정은 짧게 나오지만

사실은 그 시간이 제일 길었을 거야.

흐려지는 결심을 다잡아야 하고,

견뎌낼 인내심과 구체적인 계획도 필요해.

그렇게 해도 실력은 아주 쬐—끔 상승한다.

짧은 기간 동안
쬐끔이나마 나아진
내 말이…

일주일 전보다
네 마음에 가까이
닿았으면 좋겠다.

좋아해, 송이도~!

농민들은 그래서
봉기를
일으켰고…

지속적인
약탈이 이어지며—

쌤!!

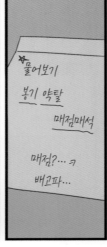

☆물어보기
봉기 약탈
매점매석

매점?…ㅋ
배고파…

전에~ 모르는 단어나 문장 있으면, 언제든 질문하라고 하셨죠?

국사쌤이 바쁘셔가지고.

어? 그래. 찾아온 건 네가 처음이네.

아~ 강탈이랑 약탈이 그 차이가 있구나.

저는 약하게 빼앗으면 약탈이고, 강하게 빼앗으면 강탈인 줄 알았어요.

푸읍

시간 강탈해서 죄송합니다, 쌤!

뭐~?

모르는 건 부끄럽지 않다.

모르는데 아는 척하는 게 부끄러운 거지.

헤헤

그래… 이제라도 알게 돼서 참 다행이다.

모르면,
물어보면 돼.

물어보고
또 물어보고
물어보면 돼.

그러면

돼!

야~ 이솔.
그거 알아?

사이코패스나
소시오패스는
사람들의 생각처럼
그렇게 흔하지 않대.

그런데, 같은 생각을
가지고 있더라도
입 밖으로 내뱉은 표현에 따라
그 사람의 이미지가
돼버리잖아~

샤이(shy)한
사람인지,
싸패인지.

싸이? 암튼
맞말인 듯.

응.

나는 '이솔'이라는 사람인데,
내가 쓰는 말로 딴사람들에겐
모범생도 양아치도
될 수 있다는 거네.

그치~

난 이도를 위해 스파이로 왔지.

준비는 잘 돼가고 있어?

야, 스파이가 스파이라고 밝히냐?

아하하…

이도한테 고백할 글이지?

써서 좔좔 읽을 거야?

아니! 날 어떻게 보고.

너 조안나 좋아하지?

어? 어…

우리 학교에 조안나 좋아하는 애만 한 50명 있을 듯.

뭐…? 진짜?

암튼 솔이 안나랑 친한 거 개부럽다.

친해지면 소개해달라고 해~

ㅋㅋ

이미 말했어.

231

내 동생 놀리지 마,
이 새끼들아~!!

빡

…라고 할 만큼
형제애가 뜨겁진
않았다.

오~?

'성공한다'에
천 원쓰~

ㅋㅋㅋ ㅋㅋ ㅋ

동생 말 좀
늘었냐?

늘긴 늘었는데
아직은 뭐~ㅋㅋ

안 자냐?
막, 설레서
잠이 안 와?

웅~

내가
안 봐줘도 돼?

나중에 귀찮게
하지 말고.

내 고백이니까
내가 해보고~

물어볼 거
생기면
물어볼게.

쨱

쨱

송이도에게 고백하기
D-Day

늦는다, 늦어—

서두르다가 또 뭐
깜빡하지 말고!!

잘 챙겨서 가!

알겠어~~

"써서 잘잘 읽을 거야?"

살면서 이렇게
떨린 적이 있었나?

지금이
더 떨려.

아무것도 준비하지
않았을 때보다…

일주일 동안
난 이도와 더
가까워졌는데,

성큼

성큼

새삼스럽게…

내 머릿속의
서랍장.

긴 문장을 완벽하게
말할 수 있으면
좋겠지만…

들어 있는 게 많아도
생각 정리가 안 돼서 꺼낼 수
없다면 아무 소용이 없다.

머릿속에서
편지를 쓰듯
떠올려보고 말하자.

누군가와 얘기할 땐
일일이 글로 적어볼 수
없으니까.

나는 아직 부족하니까
짧고 정확하게
이야기를 하자.

여러 말이 동시에 떠올라 긴장하고 당황해서 생각이 엉킨대도…

조급해하지 말고 천천히— 가장 어울리는 말을 하자.

아무도 빨리 말하라고 닦달하지 않을 테니까.

아나운서가 말하듯 말끝을 흐리지 않고 분명하게 말하자.

마지막으로…

내 감정에 자신감을 가지고,

눈앞의 이도에게만 집중하자.

이솔. 응원한다.

…직접 말하지는 않을 거지만.

…이도야.

난 너와 사귀지 않을 거야.

* 고나리 : '관리'의 오타에서 비롯된 단어.
** 처돌이 : '마니아'를 긍정적으로 과장한 말. '미쳤다'를 '처돌았다'로 표현한 것.
치킨 브랜드 '처갓● 양념통닭'의 캐릭터 이름인 '처돌이'에서 유래되었다.

다른 아이들과 달리 지한은 별다른 동요 없이 침착했다.

......

…네가 원하지 않는다면 말이야.

헤헤, 미안. 말을 할 때 첫마디가 중요하다는 유튜브를 봤어.

일단 주목을 끌고 싶어서.

ㅎㅎㅎ

에이~ 뭐야~

내 마음은 안 변했어… 그대로야!

아니, 전보다 더 네가 좋아졌어!

일주일 동안 준비하면서

고백의 목표가 조금 달라진 건 맞아.

그건… 내 마음을,

내 안에 하나도 남기지 않고 너에게 100% 전달하는 거야.

그래서 내 마음이
제대로 전해지면,

그렇게만
된다면…

너와
친구로 남아도
좋다고 생각했어.

좀…
이상하지?

안 이상해.

민망하지만,
고백 때문에
서점도 혼자 처음
가봤는데.

책에는
'목차'나 '목록'처럼
순서가 있잖아.

일주일 동안 너한테
하고 싶은 말을
폰 메모장에 적었고,

노트에
글로도 옮겨서
정리해봤어.

메모에는 내가 하고
싶은 말들이
막 섞여 있더라.

그래서
비슷한 내용끼리
묶어봤더니
덩어리가 생겼어.

어떻게?

첫번째.
이도에게 내 고백의
목적을 전달하기!

이건 방금까지
내가 말한
이야기들이고~

두번째는
나 스스로
반성한 것들…

그리고 마지막은
너에 대한 내 진심.
이렇게 세 개야.

그러니 이젠 내 반성에 대해
얘기할 차례인데…
지금부턴… 많이
부끄러운 이야기가
될 것 같다.

난 사실,
말을 잘하는 사람들이
다 재수없었어.

흔히 말하는… '입 잘 턴다'는 그런 사람들.
'입 턴다'는 건 밈이긴 한데!!
내가 한 말은 아니니까 괜찮지?
괜히 멋진 말 하면서
잘난 척하는 느낌이었거든.

끄덕

요즘에는
그런 걸 비웃잖아.
조롱하고,
패러디하고.

나도 누군가의 말을 웃기게 패러디해서 댓글 단 적 있거든… 그냥 재밌어서.

이 사람이 어떤 철학을 가졌든지 그냥 비웃어주면

아무리 잘난 사람도 아주 쉽게, 우습게 만들 수 있더라고.

하지만 그럴수록

말을 잘하는 사람에게 점점 더 반감이 들고.

'말하기'가 어렵게 느껴지고,

말과 글에 대한 거리감이 생길 뿐이란 걸 이제 알아.

처음 미술관에서 널 봤을 때도.

너랑 지한이가 작품 보면서 나누는 얘기들이…

너희만의 암호같이 느껴졌어.

그냥 오글… 아니, 가식같이 느껴지고. 연기하는 것 같고.

갑자기 네가 나한테
그림에 대한 감상을 묻는데,

나도 뽐내서
한마디해야 할 것
같은 거야.

속으론 소름 돋는다고
생각했으면서 말이야.

아는 척해보려다
오히려 더 망신당하고
말았지.

네가 조건을
걸었을 때도…
그냥 내가 싫어서,
돌려 거절하나
싶기도 했고.

아니면, 수준에
안 맞는다고 나를
무시하나 싶기도
했는데…

둘 다 아닌 걸
이제 알아.

넌 그냥 내가 더
알고 싶었던 거야.

말이
통하지 않으면
마음을 알긴
힘드니까…

난 그동안
말의 중요성을
몰랐어.

누가 나한테,
정신이 번쩍 드는
얘길 해줬는데…

나는 호감형 인상이라
말이나 행동을
신경쓰지 않고도
다 쉬웠을 거라더라.

그 얘길 듣고
사실은
엄청 찔렸어.

나의 지난 연애들이 다
그랬던 것 같거든…

예쁘거나 귀여운 애가
내가 좋다니까,
나도 외모만 보고
마음을 들여다볼 새도 없이
순식간에 사귀고,

ㅋㅋㅋ

존나웃겨
ㅅㅂ ㅋㅋㅋ

쩔지?
ㅋㅋㅋ

같이 놀러 다니다가
그냥 헤어지고—
그래서 '이별의 아픔'도
사람들이 다 과장해서
꾸며낸 말이라 생각했어.

진심 어린
말과 표현이 왜 중요한지
나는 알 필요가
없었던 거야.

내가 저번에 그랬잖아.
다들 나한테 말이 필요 없는
비주얼이라고 했다고.

응.

그때 나는…
내 장점을 너에게
강조하려고
한 말인데.

되게 부끄러운
말이었더라.

솔직히 말하면,
난 그동안 굳이 뭘 말하지
않아도 쉽게 넘어갈 수 있는
일이 많았고

크게
노력 안 해도
대부분 대충대충
해결됐었어.

근데 이도 널
만나고 나서부터,
자꾸… 마음에 뭐가
고이는 거야.
너한테 하고 싶은
말들이…

꾹...!

정신없이
뭉친 말들 사이에서
무슨 말을 먼저
꺼내야 할지 몰랐어.

네가 보기엔
아직 부족하겠지만.

너한테 말을
잘해보려고
노력하다보니까…

어질러진 내 감정도
조금 정리가 되더라.

음악도 그냥, 신나면
좋은 줄 알았는데.

가만히 들어보니
가사도 들리고,

이젠 널 생각하면
사랑 노래가 괜히…
공감도 되고 그래!

하핫…

음…

널 만나기 전에 나는 대가리가 꽃밭이었어.

이 말 평소에 지이이인짜 많이 쓰긴 했는데…

대가리랑 꽃밭이란 말 조합이 너무 웃겨서…

하지만 이도에게 이런 표현을 쓰기는 싫다.

내 머리는 진짜 화원이었어.
식물원
내 머리는 숲이었어.

나의 두뇌는 꽃이 만발…

으음…

형 형, 이거 어떻게 바꿔야 좋아??

뭐가.

야 인마, 단어만 하나하나 바꾸면 정중해지냐?

속뜻이 중요한 거지!

아…

ㅈㄴ 웃긴데 비웃지 말아야지 ㅋㅋㅋ

바들

속뜻? 핵심 말하는 거지?

그래. 중요한 건…

니가 밝고
긍정적인 사람인 걸
알리고 싶다는
거잖아.

…형, 나를
그렇게
생각하냐?

아 꺼져라.

널 만나기 전에
난 모든 문제를 그냥
웃으며 넘기려고만
했어.

넌 세상을
따뜻하게 보는
아이니까.

대박…!!

이도 완전~!
로맨스 드라마에 나오는,
설레는 선배 같지 않냐?

크으으

퍽퍽

헐…

아, 안나가
내 팔 만졌어…!!

대화를
하자고 했는데…
솔이 너 혼자
스피치를 했네.

앗…

247

나도
단점이 많아.

집중력 때문에
한번에
여러 가지 일을
못 하고.

다른 애들처럼
빠르게 트렌드를
따라가지도 못해.

고지식하고
느려.

너처럼
활동적이지도
않고.

밈이나 유행어도
발생 과정부터 들어야
왜 웃긴지 이해가 돼.

솔아. 너와 나는
이렇게 다른데
우리가, 잘 맞을까?

난 앞으로도 네가
나한테 맞추기만 할까봐
걱정돼.

미리 정리한 것들은
모두 이야기했다.

지금부터는 정말,
바로 떠오르는 진심으로
대화하는 거야!

당연하지!

싸아아

네가 좋아.

비슷한 점이
많으면 많은 대로,
다른 점이 많으면
다른 대로…

너를 알아가고
앞으로 많이
대화하고 싶어!

대화가 아니라
스피치를 했다고
놀렸지만

이솔의 마음은
전부 송이도에게
닿았다.

제일 중요한 말
하나를
잊은 것 같아.

…그런데…

어?

어, 음…

아.

나랑 사귀자,
이도야!!

와아

와아

너만 빗장이
풀린 게 아냐.

타
박

나도 그래.

우리는 이렇게
서로의 중간에서 만나
새로운 방향으로
함께 걷게 될 거야.

할아버지는 꾸준히 인스타에 시를 쓰셨다.

말(言)

삶의 형태는 언어.

우리는 말(言)을 하고,
그 말이 모여 삶을 이룹니다.

날카로운 듯 부드럽고
부드러운 듯 날카롭게 오가는 말(言),

그 말을 받아들이는 건
얼마나 큰 용기인지요.

어머, 어떻게 해…
왕초가
아픈가봐!

내 세상 너머 말(言)을 해독하려는
당신의 부단함은 얼마나 가상한지요.

아니야, 이건
안아달라는 거.
웃차~!!

왕초 언어까지
아는 거야?

그 끝없는 두드림으로 당신은
타인의 견고한 벽을 허뭅니다.

그리고 이를 통해 당신은,
또 우리들은,

각각의 세계가 보다 더 확장되는 감격을
오롯이 맛볼 것입니다.

『양아치의 스피치』마침

양아치의 스피치
후기

안녕하세요,
『양아치의 스피치』 글 작가 네온비입니다.

마지막 화에 작성해주신 많은 질문과 감상을 봤습니다.
대부분의 궁금증은 후기 글에서 거의 해소되실 것 같아요.

'외전이 있는가'에 대한 질문이 많았는데요,
아쉽게도 외전은 계획하고 있지 않습니다.

후기를 성실히, 꼼꼼하게 써보겠습니다.

· ·

어떤 말은 한 사람의 가치관과 신념을 만듭니다.
친한 친구가 제게 이런 말을 한 적이 있습니다.

"누나는 뭔가를 만들어야 할 사람이야."

포기하고 싶을 때마다 저를 일으켜준 이 말.

이제는 새 프로젝트를 시작할 때,
두려움 없이 도전할 수 있도록
저를 지탱해주는 말이 되었습니다.

저는 이솔처럼 말하던 사람입니다.
지금도 이솔과 송이도가 섞여 있습니다.

일 미팅 또는 격식 있는 자리에 나갈 땐 송이도가 더 많이 있고
즐거운 자리, 편한 모임에선 이솔이 더 많습니다.

말하는 방식을 개선할 필요성을 스스로 강력하게 느낀 건
글 작가로 전향한 후부터입니다.

* 이젠 글 작가로 오래 활동했기에 글 작가로 더 알려졌지만,
2015년까지 저는 글과 작화를 같이 했습니다.

글 작가로서 "작품을 함께하자"고 그림 작가님을 설득하기 위해선
정돈된 말로 그림 작가님께 작품에 대한 신뢰를 심어줘야 했어요.

취재를 하거나, 아이디어를 급히 녹음해둔 저의 말을 들어보면
특유의 좋지 않은 말버릇-흔히 '쪼'라는 은어로 불립니다-이
뚜렷하게 부각되었습니다.

'내가 이 정도로 말을 못했다고?
남들에겐 이렇게 들린다고?'

꽤 충격이었습니다.
제 생각보다 훨씬 심각해서요.

가장 심란했던 부분은, 말을 많이 하는데도
쓰는 단어와 문장 표현의 범위가 넓지 않다는 점이었습니다.

저는 동전을 넣으면 물건이 튀어나오는 자판기처럼
몇 가지 표현을 반사적으로 내뱉고 있었습니다.

그 말을 들으면서 문득 이런 생각이 들었습니다.

'무언가를 소비할 땐 가성비를 신경쓰지 않나.
분명 이런 상황에 쓸 수 있는 말이 무척 많을 텐데,

이렇게 적은 표현만 골라 쓰는 건 아깝지 않은 일인 걸까?

다양한 기능을 수행할 수 있는 고성능 스마트폰을
문자와 전화로만 사용하는 느낌이야.

말의 가성비가 좋지 않은 일이다.'

그래서 어떤 단어가 잘 생각나지 않을 땐,
'뭐 대충 거의 이런 느낌'의 단어로 대체해서 쓰지 않고
'정확한 느낌'을 표현하기 위해 자주 검색을 해봤습니다.

어떤 단어를 검색하면 파생어, 반대어, 유의어 등
관련 어휘가 여러 가지 나왔고 기억하거나 기록해두었다가
말이나 글로 표현할 때 좀더 다양하게 활용해보고자 노력하곤 했습니다.

글 작가가 되면서
필연적으로 글 쓰는 일도 늘어났는데

솔직히 말씀드리자면 예전 작품들을 다시 볼 때
대사와 내레이션 모두 아쉬운 부분이 많고,
비문 천지라 차마 눈뜨고 볼 수가 없습니다…

터놓고 말씀드리는 이유는
현재는 발전했기 때문입니다.

저는 완벽한 사람이 아니며
스스로의 스피치가 아직 충분히 만족스럽지도 않지만,
분명히 발전했습니다.

매일매일 많은 텍스트를 쓰고, 들여다보고, 고치고,
작업 파트너들과 아주 많은 대화를 나누고, 설명하고, 토론하고…

이런 몇 년간의 과정이,
이솔의 일주일 프로젝트 이야기를 쓰는 데에도
많은 도움이 되었다고 생각합니다.

언어 이야기를 할 생각이야.

고등학생이 주인공인…

어떤?

항상 관심 있게 듣고 이야기를 발전시켜주는 남편 캐러멜 작가

식사중

말을 못하는 주인공이, 노력해서 말을 잘하는 사람이 되는 거야.

"학생들이 필수로 봤으면 좋겠다"
"교육 웹툰으로 지정했으면 좋겠다"
라는 감상이 많았어요. 그만큼 독자분들께서도
'이런 이야기를 기다렸다'는 의미로 생각합니다.

감사합니다.

조금 덧붙이자면 저는 『양아치의 스피치』를
**학생들뿐 아니라 어른들도 많이 봐주시면 좋겠어요.
오래오래 회자되고 추천되기를 바랍니다.**

학생들만을 계몽하거나
계도할 목적으로 만든 만화는 아니니까요.

저는 단지, 언어 소재의 이야기에
사람들 모두가 목말라 있다고 느꼈어요.

어휘력, 문해력 문제가 심각하다는 이야기는
예전엔 뉴스나 칼럼란에서 기사로 간혹 볼 수 있었지만,

요즘은 게시물로, 다큐멘터리로 이 주제를 얘기하는 콘텐츠가 늘었습니다.
사람들의 관심이 많아진 것입니다.

어휘력과 문해력에 관한 부정적인 게시글이 올라오면
댓글창은 게시자의 의도에 따라
부정적인 의견으로 만선이 되어버리곤 합니다.

세대를 가르는 조롱과 비난, 걱정이 섞인 댓글을 보며
이 게시글을 닫는 순간 모두의 심란함도 '끝'이 아니길 바랐고,

여러 사람들이 공통으로 느끼는 바른 언어에 대한 갈망을
좋은 그림 작가님과 편히 볼 수 있는 콘텐츠로 만들어서
전 세대가 같이 볼 수 있으면 좋겠다고 생각했습니다.

어른과 아이 모두 마찬가지로
한쪽이 다른 쪽을 일방적으로 조롱하고 다그치기만 하면
상대에게 강한 반감만 들기 마련입니다.

각자 말이 통하는 본인들의 세대 외에는
다른 세대를 힐난하며 마음을 닫게 될 거고,
이런 결말은 모두에게 슬픈 일이지요.

· ·

'이 얘기는 지금 해야만 한다.'

저는 이 작품을 서둘렀습니다.
초반에 나오는 유행어나 밈은 시간이 지날수록 유행이 지나
점점 쓰지 않는 말이 되기 때문이에요.

유행어의 유행이 지날수록 초조해지는 작가

1화의 대사들은 연재 오픈 직전까지 다듬었습니다.

온라인상에서 학생들이 쓰는 말을 면밀히 살펴보고,
교사 친구에게 조언도 구하고, 현직(?) 고등학생과 인터뷰도 했습니다.
여러 서적도 참고했고 뉘앙스 하나하나에도 신경썼어요.

결과적으로는 언어를 소재로 한
가장 한국적인 만화를 만들었다고 자부합니다.

해외 연재가 된다면
'탈룰라' 같은, 한국인만이 이해하는 언어의 맛이
어떻게 번역될지 궁금하네요.

만화를 구상하는 시점부터
1화와 마지막 화를 가장 먼저 구체화시키고
중간 내용은 목차를 만들어서 진행해갔습니다.

만화 초반 등장하는 학생들의 격한 언어 표현이
깔끔한 그림으로 연출되면 재미있을 것 같았는데,
마침 장편 연재를 끝낸 인정 작가님이 쉬고 있었습니다.

맑고 단정하고 반듯한 그림을 그리는 작가.
제가 이상하는 『양아치의 스피치』 그림 작가님이었습니다.

전체 분량이 길지 않고
기존에 친분도 있었기에 과감히 밀어붙였는데,
인정 작가님 만화 스타일의 장점을 해치지 않으면서도
건강한 이야기가 되었다고 생각해요.

인정 작가님의 팬이고
그림이 좋아서 작업을 의뢰하기도 했지만
인정 작가님은 콘티에도 적극적으로 의견을 주셨습니다.

매 화마다 대사, 내레이션, 뉘앙스 모두
꼼꼼히 같이 보고 고민하며 의논을 거쳤습니다.

제가 무의식적으로 '이 정도 표현은 괜찮지 않나?'라고 구상한 부분도,
인정 작가님은 섬세한 피드백을 통해
무심결에 독자를 상처 입히는 일이 없도록 신경써주셨고,
저는 그 섬세함에 감동받곤 했습니다.

~11화 회의중~

이솔 李솔
남(18), 온정고등학교 2학년 1반, 키 : 184cm
가족관계 : 엄마, 아빠, 형(19), 본인, 왕초(7)

송이도 松李祹
여(18), 온정고등학교 2학년 2반, 키 : 170cm
가족관계 : 할아버지, 본인

소나무는 겨울에도 잎이 시들지 않죠.
푸르고, 강하고, 의연한 느낌이라 솔이와 이도 이름에
소나무와 관련된 키워드를 넣고 싶었어요.
(솔은 한글 이름에, 이도는 한자 성에)

또한 만화 속에서
양호의 대사로 나오기도 했는데,
이도는 세종대왕의 이름과 같습니다.

그리고 재미있게도 저와 같이
이 만화의 스토리를 작업한 스태프분들 이름에도
모두 '솔'이 들어갑니다.

이솔의 '솔'이라는 이름이
저의 회사 '칸트웍스' 식구들의
이름이기도 해서 좋았습니다.

이 만화를 제작하는 동안 여러 방면에서 어시스트해주시며
큰 도움을 주신 '칸트웍스' 솔님과 새솔님 감사드립니다.

두 분의 후기도 짧게나마 싣고 싶습니다.

· ·

안녕하세요. 칸트웍스 스토리 어시스턴트 솔입니다.
『양아치의 스피치』는 여러모로 선을 잘 타야 하는 작품이었기에,
회의할 때마다 어려움도 많고 고민도 깊었습니다.
하지만 자신의 언어 세계가 어떤 생김새인지 돌아보는 계기이자,
타인의 세계에 기꺼이 빠져보자는 용기를 북돋아준 작품이기도 합니다.
솔이의 스피치에 한마디 보탤 수 있어 뿌듯하고 행복했습니다.
사랑해주신 독자 여러분들, 감사드립니다.
_'칸트웍스' 솔 드림

『양아치의 스피치』는 제가 칸트웍스에 입사하고
처음과 끝을 오롯이 함께한 첫 작품이라 의미가 깊습니다.
작품에 참여한 동시에 솔과 이도를 아끼는 랜선 이모이기도 해서
둘이 서로를 이해해가는 모습에 흐뭇했고, 응원하는 마음으로 작업했습니다.
저 또한 여전히 밈을 즐기고, 제대로 표현하지 못하는 마음이 고일 때도 있지만
적어도 누군가를 다치게 하는 언어는 피해보자고, 작은 다짐을 하게 됐습니다.
독자 여러분께도 이 만화가 마음 어딘가에 조금이라도 닿으셨기를 바라봅니다 :)
_'칸트웍스' 새솔 드림

<고등학생
바른 언어 개선
동영상 공모전>

동상 : 조안나

우리 학교에서
공모전 수상자가
나오다니~♥

기뻐~♥

온정
이서장

축하해!!

너희가 허락해준 덕분에.

아, 찍은 영상 제공해준
양호~ 밥 살게!!

이도

안나

양호

거한

헐

망한 고백이랑
성공한 고백을 편집해서
낼 생각을 하다니…

질투나

너나 이도가
공모전 한다고 했으면
양보했을 거야~

ㅎㅎ

공모전 동영상 제목
<양아치의 스피치>는
어떻게 지은 거야?

이도

딱딱한 게 껍질 안의
존맛 게맛살 같은 거.

중요한 건 속살!!
속살이 중요해!

아니…

지금 무슨…
너 양아치냐?!

대화를
하자고 했는데…
솔이 너 혼자
스피치를 했네.

앗…

이 모든 순간에 안나가 있었다.

그냥 떠올랐어!!!
ㅎㅎ

ㅎ ㅎ ㅎ
ㅎ
ㅎ
ㅎ

마지막으로, 언제나 저에게 헌신해주시고
회사를 이끌어가는 데 든든한 기둥이 되어주는
사랑하는 남편, 캐러멜 작가님. 소중한 나의 강아지 동구.

칸트웍스의 멋진 스태프들.

작품을 카카오웹툰에 연재하도록
물심양면 신경써주신 고마운 한송이 PD님.

그리고 이 만화가 세상에 나올 수 있도록
훌륭하게 그려주신 김인정 작가님.

끝까지 함께 달려주신 고마운 독자님들.

정말 정말 고맙습니다.
『양아치의 스피치』를 사랑해주셔서 감사합니다!

네온비 작가 드림

안녕하세요, **그림 작가 김인정**입니다.
무사히 후기로 인사드리게 되어 기쁩니다.

지난 초겨울, 전작인 『아파도 하고 싶은』을 마치고 쉬던 중에
네온비 작가님에게 협업 제안을 받았습니다.

같이 작업하고 싶은
스토리가 있는데…

오? 뭔데?

동구

엉엉이들라 함께
모여서 일하는 중

토로

말을 잘 못하는 남자애가
첫눈에 반한 여자애랑
사귀기 위해서
언어 습관을
고치는
이야긴데…

학원 로맨스
코미디물이야!

개그가
명청 웃겨!!

개그… 요?

언젠가 함께 작업을 하자는 이야기를 종종 나눠왔던 터라
협업 제안에는 놀라지 않았지만
제가 상상했던 장르가 아니어서 그 점에 매우 놀랐습니다.

그도 그럴 것이…

인간을 유머러스한 인간과 그렇지 않은 인간으로 나눈다면
저는 분명 재미없는 쪽에 속할 것입니다.

유행하는 유머나 밈도 잘 모르는 편이고
코미디 장르는 제대로 본 것이 드문데다가
흥미를 가지고 찾아보는 편도 아닙니다.

내가 개그…?
내가 개그물을
소화할 수 있을까?

상상이 불가능한 상태

이야기 완성도는 네온비 작가님을 신뢰하기에 별다른 걱정은 하지 않았습니다.
'내가 개그물을 소화할 수 있을까'가 가장 큰 고민이었어요.
그래서 쉽게 결정을 내리질 못했는데요.

웃기는 건 내가
알아서 할게!

너는 네가 그리던
대로 그리면 돼!

할 수 있어.
걱정하지 마.

할 거지?
걱정 마.
나만 믿어.

그게 나를 믿기가…

새로운 것에 도전하는 마음으로 네온비 작가님을 믿고
『양아치의 스피치』를 작업하게 되었습니다.

덕분에 지금까지 제가 그려보지 못한 타입의 인물들을 그릴 수 있었어요.
가장 그리는 재미가 있었던 인물은 단연 솔이입니다.

제일 어려웠던 건 지한이고요.

작업 틈틈이 행복을 느끼게 해준 것은 왕초였습니다.

저는 협업이 처음입니다.
직전에 원작이 있는 작업을 했지만, 그건 이미 완성된 웹소설에
제 나름의 해석과 색을 입혀 웹툰으로 그린 것이었기에 이번 작품과는 조금 달랐습니다.

이렇게 실시간으로 다른 창작자와 소통하면서
무에서 유를 만들어가는 경험은 이번 작품이 처음이었어요.

만화를 오래 그려왔지만 대부분의 시간은
홀로 내 안을 들여다보며 작업을 해왔습니다.

다른 이와 같은 작업물에 대해 수많은 이야기를 나누고
다른 이의 창작 과정을 곁에서 조금이나마
엿볼 수 있었다는 것이 참 진귀한 경험이었습니다.

네온비 작가님은 이럴 때   자주 사용하는
이런 구도를 사용하는구나.   연출은 이렇구나.

이런 부분의 취향은 같고
이런 부분은 다르구나.

초반에는 피드백을 주고받는다는 자체가 어색하기도 했습니다.
아마도 제가 협업은 처음이다보니 새롭게 정해야 하는 선이 많았던 것 같아요.

잦은 대화를 통해 더 나은 방향을 제안받고 제안하며,

이 20화의 만화를 만드는 과정이 저에게는 네온비 작가님과
서로의 세계를 부딪혀가며 녹여내는 시간과도 같았습니다.
마치 만화 속에서 솔이와 이도가 천천히 엮여가듯이 말이죠.

여러모로 많이 느끼고 배울 수 있었습니다.

전에 읽은 책에 인상 깊은 구절이 있습니다.

"누구나 말하기 전에 세 개의 문을 거쳐야 한다."

옳고 좋다고 여겼던 것도 의식적으로 곱씹지 않으면
자꾸만 잊어버리고 살게 되는 것 같아요.

세 문을 거치는 것이 그다지 어려운 일이 아님에도
더 빠르게 전달하고 싶고, 더 강조하고 싶고,
더 주목받고 싶은 마음에 마구 말하는 일이 많았습니다.
자꾸만 제가 그렇게 변해가는 것 같아 걱정도 되었어요.

그런 저에게 『양아치의 스피치』는
적절한 시기에 필요한 화두를 던져준 의미 있는 작업이었습니다.
좋은 작업을 제안해주시고 끝까지 고민하며
좋은 글을 써준 네온비 작가님, 고맙습니다.

그리고 사랑해주신 독자 여러분, 정말 고맙습니다.
다시 만날 날까지 항상 건강하시고 행복하시길 바랍니다.

김인정 작가 드림